NICK LIVING

AMERIKA in MIR

GESCHICHTEN AUS AMERIKA

Impressum

Herstellung und Verlag:
BoD - Books on Demand, Norderstedt
ISBN 978-3-7347-3999-6
Für den Inhalt des Buches zeichnet der Autor
verantwortlich
© 2015

NEW WAY

Wenn du wie Phoenix aus der Asche entsteigst
Aus dem Dunkel der Nacht,
wo der Satan sich zeigt
Denkst du kaum an die Zukunft,
den Tag, der noch kommt
Du willst nur nochmal leben,
ganz neu, ungeschont

Und du kriechst aus der Hölle ins Morgen hinein
Suchst nach Freunden, die blieben,
doch du bist ganz allein
Nur die Mutter blieb stark an deiner Seite
im Sturm
Als du unten gewesen,
und krank und verlorn

Plötzlich spürst du die Kraft,
die tobt tief in dir drin
Fliegst über Altes und Dunkles
zum Himmel dahin
Und ein ganz neuer Traum lebt im Herzen in dir
Weißt, und du fühlst endlich Leben in dir!
Endlich, endlich: Amerika in dir!
Endlich, endlich: Amerika in mir!

San Francisco Story

Es war einmal in San Francisco, so um die Weihnachtszeit. Ken Jackson lebte seit vielen Jahren in dieser riesigen aufregenden Stadt und fuhr seinen Bus immer die gleiche Strecke: vom „Marina Boulevard" zur „Hayes Street" und natürlich auch wieder zurück. Er war recht zufrieden mit seinem Job, doch mit Vollendung seines 55. Geburtstages schien ihn irgendetwas zu beschäftigen. Seit Jahr und Tag musste er allein durchs Leben gehen. Schon im Kindesalter hatten ihn seine Eltern in ein Heim gegeben und die rechte Frau wollte sich später auch nicht finden.

Die Jahre kamen und sie gingen und sein Bus fuhr immer die gleiche Strecke, hin und wieder zurück.

Eines Nachts hatte es ganz unerwartet zu schneien begonnen. Eigentlich war das sehr selten in dieser Stadt, dennoch war es sehr schön. Ken hatte Nachtdienst und bestieg seinen Bus mit dem merkwürdigen Gedanken, dass sich in dieser Nacht noch irgendetwas ganz Außergewöhnliches ereignen würde. Er spürte es in seinem Herzen, doch er wusste nicht, was es sein konnte. Langsam tanzten die Flocken vom bedeckten dunklen Himmelszeit herab, und er fuhr los, um die Strecke von der „Hayes Street" zum „Marina Boulevard" wie immer nach Fahrgästen abzuklappern. Als er schon einige Meter gefahren war, bemerkte er ein seltsames Geräusch. Es musste aus dem Motorraum seines Busses kom-

6

men und er hielt an. Da in dieser Nacht sonderbarerweise keine Fahrgäste im Bus saßen, hatte er auch kein schlechtes Gewissen, zu spät am Zielort einzutreffen. Dennoch war ihm das Ganze sehr unangenehm, denn noch nie hatte es einen solchen Zwischenfall gegeben und noch nie hatte er das Ziel zu spät erreicht. Weil ein kalter Wind in den Bus drang, als er die Tür öffnete, zog er sich seine Jacke bis über die Ohren, rieb sich die Hände und sprang mit einem schwungvollen Satz hinunter auf die Straße. Er wollte den Motorblock kontrollieren, vielleicht sogar den möglichen Fehler beseitigen. Doch als er die breite Haube aufklappte, unter welcher sich der Motor befand, konnte er nichts Bedenkliches entdecken. Lange suchte er, bewaffnet nur mit seiner kleinen Taschenlampe, nach dem vermeintlichen Defekt. Doch er konnte einfach nichts finden. So klappte er die Haube eben wieder zu und wischte sich die mit Öl beschmierten Hände an einem Taschentuch ab. Gerade wollte er in den Bus zurücksteigen, da stand sie plötzlich vor ihm: eine dunkelhaarige, wunderschöne junge Frau. Ihre langen Haare wehten im Wind und die Schneeflocken benetzten wie kleine glitzernde Diamanten ihre zarten Wimpern. Dieses Wesen, welches wie aus einer anderen Welt zu kommen schien, lächelte recht verführerisch und schaute Ken lange tief in die Augen. Dann fragte sie den leicht irritierten, fröstelnden Busfahrer, ob der sie wohl ein Stück mitnehmen könnte. Ken schien ein wenig überfahren, doch er willigte ein. Er konnte es wirklich nicht übers Herz bringen, diese gut aussehende junge Frau einfach stehen zulassen, auch, wenn es seine Dienstvorschrift verbat, Leute kostenlos auf freier Strecke mitzunehmen.

Die junge Frau setzte sich ganz vorn in den ersten Sitz und war wohl erleichtert, dass Ken sich ihrer erbarmt hatte. Draußen aber frischte mehr und mehr der Wind auf, wurde schließlich zum Sturm, und der wild umherwirbelnde Schnee versperrte Ken schließlich die Sicht. Er konnte nicht losfahren und meinte, dass es wohl eine Weile dauern würde, bis er weiterfahren könnte. Die junge Frau schien nur darauf gewartet zu haben und erhob sich wieder von ihrem Sitz. Sie postierte sich neben Ken, der sich nervös am Lenkrad festhielt und dabei angestrengt aus dem Fenster schaute. „Ich heiße Kim", flüsterte die Schöne und Ken wusste gar nicht, was er vor lauter Verlegenheit anstellen sollte. Mal kratzte er sich hinterm Ohr, dann wieder auf der Stirn. Als er sich schließlich die frischen Schweißperlen von seiner heißen Stirn wischte, nannte auch er seinen Namen. Er wollte seine Nervosität ein wenig verbergen, schaffte es jedoch nicht so ganz, und das war ihm schon ziemlich peinlich.

Die beiden unterhielten sich und fanden Gefallen aneinander. Der Blizzard jedoch ließ auf einmal wieder nach und Ken konnte endlich weiterfahren. Unterwegs jedoch begann der Bus immer stärker zu ruckeln und fing urplötzlich Feuer. Rasend schnell breiteten sich die Flammen im Fahrzeug aus. Ken wollte die Türen öffnen, doch die funktionierten bereits nicht mehr. Auch die Bremsen fielen aus und der Bus raste ungebremst auf eine Kreuzung zu. Währenddessen und zu allem Übel breitete sich nun auch noch dichter Qualm im Fahrzeug aus und das Licht verlosch. Laut hustend und nach Luft ringend hielt sich Ken noch immer krampfhaft am Lenkrad fest, wollte wohl, dass er es nicht verriss und gegen eine Hausmauer am Straßenrand prallte. Er ahnte nicht, wie sinnlos das Ganze war, denn längst waren die Flammen aus dem Motorblock in das Innere des Busses eingedrungen und fraßen sich gierig durch die glücklicherweise menschenleeren Sitzreihen.

Plötzlich ergriff die junge Frau, die alles mit einer unerklärlichen Ruhe beobachtet hatte, die Initiative. Beherzt packte sie die Handbremse und zog mit aller Kraft daran. Offenbar half das und der Bus wurde langsamer, bis er endlich zum Stehen kam. Und es war wirklich kaum zu glauben, aber die eben noch vollkommen verklemmten Türen öffneten sich und die beiden einzigen Insassen sprangen laut hustend hinaus auf die Straße. Draußen war kein Mensch zu sehen – wie ausgestorben lag die Straße, ja sogar das gesamte Viertel vor ihnen. Auch die Flammen, die gerade eben noch den Bus von innen aufzufressen drohten, verloschen beinahe magisch und der Qualm zog rasch ab. Ken verstand nun überhaupt nichts mehr – was ging hier nur vor? Es grenzte an Zauberei, aber es war, als sei nie etwas gewesen.

Kein Motorschaden, kein Brand, kein Qualm, nichts!

„Wie in Gottes Namen hast du das nur geschafft", stammelte Ken und starrte Kim dabei entgeistert ins Gesicht. Die lächelte wieder so seltsam und meinte dann, dass sie nun gehen müsste. Und kaum hatte sie das verkündet, strich sie auch schon mit ihren kleinen Händen sanft und gutmütig über Ken´s Gesicht und verschwand schließlich in der Dunkelheit der Nacht. Der total überraschte Ken versuchte angestrengt, irgendetwas zu erkennen, doch in der schmalen Seitenstraße, in welcher er sich befand, war kaum eine Straßenlaterne, die brannte. Im spärlichen Licht konnte er Kim nicht mehr sehen.

Schnell stieg er in den Bus zurück und fuhr ins Depot, wo er das Fahrzeug abstellte und alles noch einmal genau untersuchte. Doch weder einen Motorschaden noch einen anderen Defekt konnte er entdecken. Auch gab es keinerlei Spuren des Brandes, sämtliche Sitzreihen waren in Ordnung und es roch nicht einmal mehr nach Qualm.

Ken verstand die Welt nicht mehr und legte ungläubig die Schlüssel des Busses in das Büro seines Chefs. Als er den Raum wieder verlassen wollte, stieß er ein wenig ungeschickt gegen einen Bücherstapel, der auf dem Schreibtisch neben ihm lag. Die fielen polternd zu Boden. Umständlich bückte sich Ken, um die Bücher wieder aufzuheben. Dabei bemerkte er, dass es sich bei den Büchern um alte Chroniken des Busunternehmens handelte. Neugierig schlug er einen der Bände auf und blätterte interessiert darin. Dutzende alter vergilbter Fotos waren da zu sehen. Die darunter verzeichneten Jahreszahlen versetzen Ken ins Staunen. „Wie lange es den Betrieb doch schon gibt", flüsterte er leise vor sich hin. Ein Foto allerdings weckte sein besonderes Interesse. Es war ziemlich unscharf und zeigte eine junge Frau, die genauso gekleidet war wie Kim. Als er genauer hinschaute, stellte er verblüfft fest, dass es genau diese Kim war, seine wunderschöne, dunkelhaarige Kim, die er in jener sonderbaren Nacht kennengelernt hatte! Doch ein ausgeschnittener Zeitungsartikel unter dem Bild versetzte ihm den Schock seines Lebens!

In dicken schwarzen Lettern stand da geschrieben: Bus in Flammen! Fahrerin starb im Inferno! Ken konnte es nicht glauben. Wie war das nur möglich? Sollte das wirklich Kim gewesen sein? Hatte ihm diese junge Frau, die eigentlich lange schon tot war, das Leben gerettet? Er verschwieg den schier unfassbaren Vorfall bei seinem Chef, wollte nicht, dass er verlacht oder gar aus der Firma entlassen wurde. Immerhin war nichts passiert und der Bus stand vollkommen intakt im Depot.

Eine Woche später lernte er eine junge Frau kennen, die er schließlich auch heiratete. Kurz darauf kündigte er seinen Job und zog mit ihr nach New Jersey. Warum er so plötzlich jedoch seine so sehr geliebte Arbeit aufgab und sein noch mehr geliebtes San Francisco verließ, wollte er seinem Chef nicht sagen. Denn die nette junge Frau hieß Kim, und sie war einst Busfahrerin in Kens Firma.

Tja, und wenn die beiden nicht gestorben sind, dann leben sie noch heute irgendwo in Amerika.

Los Angeles Fire

Die Liste der furchtbaren Brände in einem ziemlich weitflächigen Stadtviertel von Los Angeles gab der Polizei zu denken, denn man vermutete Brandstiftung.

Doch immer, wenn sich die Beamten dem vermeintlichen Brandstifter schon dicht auf den Fersen zu sein glaubten, verschwand der im Nirgendwo, und hinterließ nichts weiter als ein paar mit Benzin gefüllte Flaschen. Selbst die mutigen Feuerwehrmänner wussten sich keinen Rat mehr, obwohl sie meist die Ersten am Brandort waren. Der kleine Johnny liebte es, zusammen mit seinem Papa Jock, der bei der Feuerwehr Los Angeles arbeitete, ab und zu unterwegs sein zu dürfen. Obwohl seine Mami das nicht gern sah, es ihm neuerdings sogar verbat, stahl sich der kleine Frechdachs heimlich aus dem Haus und versteckte sich auf der Rücksitzbank von Papas Wagen. Irgendwie gelang es ihm immer wieder, bei den Einsätzen der Feuerwehr dabei zu sein, und sein Papa drückte beide Augen zu, obwohl die Mami immer schimpfte. Denn Papas Motto war ein geheimnisvoller Spruch seines Vaters, den er sich immer sagte, wenn es gefährlich wurde: „Wenn du mal in Not bist, dann denke an die Familie, an deine Mama und an deinen Papa. Sie haben niemals aufgegeben, und das kannst du auch. Die Kraft zum Kämpfen wirst du in dir selbst finden!"

Es war an einem heißen Julimorgen. Wieder wurde die Feuerwehr zu einem Großbrand in einem Hochhaus gerufen. Und wieder schlich sich Johnny heimlich aus dem Haus, um sich im Auto seines Papas zu verstecken. Als Jock mit seinem Sohn, von dem er ja nicht wusste, dass er mit im Wagen saß, am Brandort eintraf, waren schon etliche Feuerwehrleute im Einsatz. Diesmal jedoch schien es beinahe so, dass man das lodernde Feuer nicht unter Kontrolle bringen konnte. Die Wasseranschlüsse reichten einfach nicht aus und zwei Hydranten waren defekt, hätten längst ausgetauscht werden müssen. Johnnys Neugierde wuchs und wuchs und irgendwann hielt den kleinen Jungen einfach nichts mehr im Auto seines Papas. Er wartete ab, bis die Luft rein war, und schob sich dann unbemerkt aus dem Wagen. Vorsichtig schlich er sich zum Hintereingang des Hauses und versicherte sich immer wieder, dass ihn auch wirklich niemand sah. Im Keller des Hauses schien alles ruhig, wenn man mal von den brennenden Stoff- und Papierfetzen absah, die vom aufkommenden Wind durch die Luft gewirbelt wurden. Von oben drangen leise Rufe an Johnnys Ohren. Es hörte sich an, als ob ein Kind um Hilfe rief. Johnny überlegte kurz – sollte er wirklich nach oben gehen, um der Person zu helfen? Würde er sich nicht selbst in große Gefahr begeben, ja vielleicht sogar umkommen in den wütenden Flammen? Das Gute an der Sache war, dass der Rauch noch nicht bis hier unten durchgedrungen war, weil er sich den kürzeren Weg durch die Fenster und nach oben suchte. Trotzdem, er könnte selbst zum Opfer werden, und wenn sein Papa das bemerkte, nicht auszudenken! Das Rufen aus einer der oberen Etagen wurde immer leiser und verstummte schließlich ganz. Johnny wurde klar, dass er sich entscheiden musste. Er entschied sich, und zwar für die Rettung der in Not geratenen Person! An einem quietschenden Wasserhahn, der lose an der Kellerwand angebracht war, tränkte er seine Jacke und hielt sie vor sein Gesicht. Dann stieg er die Stufen hinauf. In den oberen Etagen gab es praktisch keine Sicht mehr, und das hektische Treiben, die Rettungsarbeiten der Feuerwehr, liefen auf Hochtouren. Noch hatte man den kleinen Johnny nicht entdeckt, und noch konnte er wieder zurück. Aber er wollte es nicht, lief einfach weiter die Stufen nach oben, obwohl seine Augen vom dichten Rauch zu brennen begannen.

Auf einem langen Flur blieb er stehen. Von hier mussten die Rufe gekommen sein, denn ab und zu vernahm er noch ein leises Röcheln. Am anderen Ende des Ganges allerdings schlugen die Flammen bereits aus dem Fahrstuhlschacht. Johnny wusste, dass er sich beeilen musste, wenn er die fremde Person retten wollte. Und so schlug er mit seinen Fäusten heftig gegen die Tür, von welcher er annahm, dass sich dahinter die betreffende Person aufhielt. Immer wieder rief er laut, fragte, ob es der Person gut ginge. Doch er erhielt keine Antwort. Als er es endlich geschafft hatte, die Tür aufzubrechen, schlugen riesige Flammen aus einem der Untergeschosse durch die zerbrochenen Fenster auf dem Flur. Johnny rannte in die noch unversehrte Wohnung, aber wo befand sich die Person? Endlich entdeckte er sie: es war ein kleines Mädchen, etwa so alt, wie er selbst. Es lag auf dem Fußboden und rührte sich nicht. Als Johnny die Flammen vor den Fenstern züngeln sah, wurde ihm schlagartig klar, dass er keine Zeit mehr hatte. Er konnte niemanden um Hilfe rufen; er musste selbst handeln!

Plötzlich erinnerte er sich an die Worte, die sein Papa stets zu ihm gesagt hatte: „Wenn du mal in Not bist, dann denke an die Familie, an deine Mama und an deinen Papa. Sie haben niemals aufgegeben, und das kannst du auch. Die Kraft zum Kämpfen wirst du in dir selbst finden!" Und der tapfere Johnny sprach leise diese Worte vor sich hin und spürte plötzlich, wie er aus sich herauswuchs. Er fühlte die Kraft in seinen Armen und in seinem gesamten Körper. Und als die Flammen wie scharfe glühend heiße Dolche durch die Fenster drangen und alles im Raum entzündeten, umfasste er das Mädchen mit seinen Armen und schleifte es hinaus auf den Flur. Er zog es bis zum hinteren Treppenhaus und stand auf einmal vor einer anderen, nicht minder schlimmen Feuerwand, die sich ihm drohend in den Weg stellte. War nun alles aus? Würden er und das Mädchen nun verbrennen? Wieder sprach er die Worte seines Papas und dachte ganz fest daran, dass es schaffen würde. Und so presste er seine fürchterlich juckenden Augen zusammen, schob sich unter das Mädchen und trug es auf seinen Schultern durch die Flammen hindurch. Den beiden geschah nichts, und gerade noch rechtzeitig schaffte es der mutige Junge, mit seiner schweren Last auf dem Rücken die Treppen bis zum Keller hinunter zu gelangen. Mit letzter Kraft erreichte er die kleine Wiese hinterm Haus und legte das Mädchen vorsichtig dort ab. Unterdessen war einer der Sanitäter auf Johnnys Einsatz aufmerksam geworden und eilte schnellstens herbei. Johnny meinte, dass er selbst keine Hilfe brauchte, und rannte ohne weitere Erklärungen davon. Das Mädchen konnte gerettet werden und kam schnell wieder zu sich. Johnny aber hatte sich hinter einem winzigen wackeligen Schuppen versteckt und wartete nur darauf, endlich ungesehen zum Auto zurück zu gelangen. Da bemerkte er einen schwarz gekleideten unbekannten Mann, der nicht weit entfernt an einem Baum lehnte und das Geschehen rund um den Häuserbrand genau zu beobachten schien. Johnny war hell genug, um zu ahnen, wer dieser sonderbare Unbekannte war; denn wer versteckte sich schon tatenlos hinter einem Baum und half nicht? Das konnte nur der Brandstifter selbst sein! Gerade kicherte der Fremde und wollte davonlaufen, da stieß Johnny vor lauter Schreck gegen ein morsches Brett, welches vermutlich den gesamten Schuppen abstützte. Das Brett fiel um und der Schuppen krachte zusam-

17

men! Allerdings fiel die Bretterbude so unglücklich zur Seite, dass sie dem Fremden regelrecht den Fluchtweg versperrte. Die zerbrochenen Holzlatten krachten polternd auf die Straße und eines davon auf den Kopf des Fremden. Der brach hilflos zusammen und rührte sich nicht mehr. Durch den Krawall allerdings waren wiederum einige der Feuerwehrmänner aufmerksam geworden. Schleunigst eilten sie zum Ort des Geschehens und Johnny hatte Mühe, sich ungesehen zum Auto seines Papas zu flüchten. So gut hatte es der Fremde nicht. Denn als man die Holzbretter, von denen er bedeckt wurde, entfernte, entdeckte man nicht nur ihn. Man fand auch noch mehrere mit Benzin gefüllte Flaschen und war sich sicher, den lang gesuchten Brandstifter endlich gefunden zu haben. Er wurde der herbeieilenden Polizei übergeben und Johnny gelang es, unbemerkt ins heimatliche Auto zu kriechen. Allerdings tat ihm jeder einzelne Knochen weh, und er wusste noch gar nicht, wie er all das seinem Papa erklären sollte. Wie er so nachdachte, fielen ihm schließlich die Augen zu. Sein beherzter Rettungs-Einsatz war so anstrengend, dass er einfach einschlief.

Es war sein Papa, der ihn weckte. Der kleine Junge erschrak sich tüchtig, fühlte sich ertappt und wusste im ersten Moment nicht, was er sagen sollte. Doch als er seinem Papa ins Gesicht schaute, war der gar nicht böse. Im Gegenteil, er lachte und meinte, dass es gut war, dass sein kleiner Sohn eingeschlafen war. Johnny wollte schon fragen, wieso der Papa nicht schimpfte, denn immerhin war er ja in das brennende Haus geschlichen, obwohl er die Gefahr kannte. Doch als er verstohlen an sich herunterblickte, wunderte er sich. Denn er saß zwar noch immer in Papas Wagen, aber seine Hände, ja sogar seine gesamte Kleidung war sauber und nichts deutete darauf hin, dass er in dem brennenden Hause war, um jemanden zu retten. Eine merkwürdige, wenngleich unschöne Vermutung machte sich in ihm breit. Möglicherweise hatte er ja das alles nur geträumt? Traurig wollte er schon die Augen wieder schließen, um einfach weiter zu schlafen, da berichtete ihm der Papa, dass keiner im Haus zu Schaden gekommen war. Und dann meinte er noch: „Den Brandstifter haben wir endlich gefasst! Er lag unter einer eingestürzten Bretterbude. Weiß der Kuckuck, warum die ausgerechnet in diesem Moment zusammengefallen war. Aber das Allerschönste ist, dass ein kleines Mädchen gerettet werden konnte. Man hatte es auf der Wiese gleich hinterm Haus gefunden. Irgendjemand musste es aus dem brennenden Gebäude getragen haben, denn es war noch immer ohnmächtig."

Manchmal bist du ganz allein
Fühlst nur Einsamkeiten
Glaub nur dran, so wird's nicht sein
Und dann bleibst du nicht allein
Glück wird dich begleiten

Die Kissendecke

Marc Lindsay hatte gerade erst seine liebe Frau Shane verloren. Sie starb an Krebs und musste wegen ihrer Schmerzen starke Schmerzmittel einnehmen. Eigentlich hatte sich Marc immer gewünscht, dass sie eines Tages von ihren grausamen Schmerzen, diesem fürchterlichen Leiden erlöst werden würde, als es aber so weit war und sie der Herr zu sich gerufen hatte, schien alles doppelt so schwer. Sie konnte ihm auch nicht viel hinterlassen, denn die Familie besaß nicht viel und Marc wollte auch nichts von ihr. Die Erinnerungen saßen viel zu tief und alles, was an sie noch erinnerte, was von ihr in den schweigenden Zimmern des alten Hauses in „Valery Cove" zu finden war, bewahrte sich Marc und hing mit seinem Herzen daran. So schottete er sich mehr und mehr ab und ging auch nicht mehr unter die Leute. Das einzige, was ihm von Shane noch geblieben war, lag auf seinem Sofa-es war eine beigefarbene Kissendecke, die so kuschelig und weich war, dass sich Marc beinahe täglich in sie einhüllte. Aber nicht, weil er so sehr fror, sondern weil er Shane auf diese Weise nahe sein wollte, weil er sie noch immer so sehr liebte.

Es war an >Thanksgiving<, Marc hatte sich mal wieder tief in seine Erinnerungen an Shane zurückgezogen, da klopfte es ziemlich energisch an die Tür. Eigentlich öffnete Marc niemand mehr, doch weil der vermeintliche Besuch einfach keine Ruhe gab, immer wieder klopfte und es schon dunkel draußen war, erhob er sich stöhnend und öffnete doch. Draußen standen zwei fremde Männer, die überdies sehr sonderbar aussahen. Marc rieb sich die Müdigkeit aus den Augen und wollte die Besucher wieder wegschicken, aber da standen sie schon im Haus! Und nun begriff Marc, was die beiden wirklich wollten. Es waren Einbrecher, die sich an diesem Feiertag eine besonders reichhaltige Beute versprachen, weil die Leute daheim waren und sicherlich Geld und Geschenke dort gelagert haben könnten. Die beiden konnten nicht ahnen, dass es bei Marc völlig anders war. Recht unsanft schubsten sie ihn durch die Zimmer und wollten lautstark wissen, wo er sein Geld und die vermeintlichen Wertgegenstände versteckt hielt. Marc kam kaum zu Wort, wehrte sich mit aller Kraft gegen die hartnäckigen Gauner. Doch es half nichts, die beiden Gangster waren einfach zu stark, überdies glaubten sie ihm kein einziges Wort und schlugen ihn schließlich nieder. Unsanft fiel er auf die ausgebreitete Kissendecke und blieb leblos liegen. Die Gauner glaubten, Marc würde sich nur verstellen, damit sie Angst bekämen und davonliefen. Aber das taten sie nicht und wollten sich ihr Opfer gleich noch einmal vorknöpfen. Aber da geschah etwas Unglaubliches: plötzlich und ohne Vorankündigung leuchtete es hellrot über der Kissendecke und damit auch über Marc auf. Es sah aus wie ein ovales Dach, welches sich über Marc auf der Decke wölbte. Die Gauner lachten laut und glaubten, es handelte sich um einen Scherz. Doch es war keineswegs ein Scherz, denn der ovale Bogen bestand aus purer Energie! Kaum hatten sich die Gauner über Marc gebeugt, da knisterte es, als wenn sich ein Feuer entzündete. Augenblicklich standen beide in lodernden Flammen und hatten Mühe, ihre Kleidung wieder abzulöschen. Noch hatten sie sich nicht verletzt, aber sie waren wütend und stürzten sich noch einmal auf Marc. Diesmal knisterte es viel lauter und ein grelles Flammenmeer entzündete sich auf dem ovalen Energiedach über Marc, welches die Gangster in hohem Bogen durch das Zimmer schleuderte. Mit Beulen und Schrammen rannten sie aus dem Haus und kamen auch nicht wieder. Marc erhob sich und konnte selbst nicht glauben, was da eben geschehen war. Mit zitternden Händen strich er über die Decke, doch da war nichts. Sie war weich und kühl und es gab weder Hinweise auf ein Feuer, noch auf eine erhöhte Energie. Auch war der rote ovale Bogen über ihm verschwunden. Marc verstand nicht, was da vor sich ging und breitete die Decke wieder auf seinem Sofa aus. Müde legte er sich darauf und schlief schnell ein. Der nächtliche Überfall war ohne jegliche Folgen geblieben, doch die Gauner hatten noch längst nicht genug. Sie glaubten wohl noch immer an einen Mechanismus, den Marc installiert hatte und kehrten gegen Mitternacht zu Marcs Haus zurück.

Vielleicht hätten sie das besser sein lassen sollen, denn was sich dann ereignete, konnte auch die später eintreffende Polizei nicht mehr rekonstruieren. Die beiden Gauner hatten sich Waffen besorgt und wollten sich nun an Marc rächen. Er sollte einen Denkzettel bekommen, als Strafe für den missglückten Raubüberfall. Zunächst schnitten sie die Telefonkabel und die Stromleitung durch, welche Marcs Haus mit dem Netz verbanden. Sie wollten absolut sicher sein, dass ihnen nicht noch einmal eine solche Pleite unterlief wie am Abend. Schließlich schlichen sie sich ins Haus, denn weil Marc so müde war, hatte er vergessen, die Tür abzuschließen. Marc lag auf seiner Kissendecke und schlief tief und fest. So bemerkte er auch nicht, dass die beiden Ganoven schon im Haus hierumschlichen und sich überall nach Wertsachen umschauten. Sie fanden nur eine alte Armbanduhr, die sie sich einsteckten und kamen dann ins Marcs Schlafzimmer. Als sie den schlafenden Marc erblickten, richteten sie die Waffen auf ihn und drückten gnadenlos ab!

Doch die Kugeln trafen nicht etwa den armen Marc, nein, sie trafen den roten ovalen Bogen, der sich längst wieder schützend über der Kissendecke, auf welcher Marc schlief, gebildet hatte. Dabei knisterte es wieder so wie am Abend und die Kugeln prallten einfach an diesem Bogen ab. Wie gefährliche Pfeile sausten sie durch den

Raum und trafen letztendlich die Gauner. Die fielen leblos zu Boden und rührten sich nicht mehr. Marc, der natürlich von den lauten Schüssen sofort wach geworden war, zog sein Mobiltelefon unter der Decke hervor und rief die Polizei. Und ehe sich die Gauner noch erholen konnten, wurden sie festgenommen. Sie waren an den Händen getroffen, und zwar an den Händen, in denen sie die Waffen gehalten hatten.

Es handelte sich bei dem kriminellen Duett um zwei lange gesuchte Ganoven, die schon ein Menschenleben auf dem Gewissen hatten. Bei Marc hatten sie weniger Glück, denn der hatte seine magische Kissendecke. Als sich alles wieder beruhigt hatte, untersuchte Marc die Decke ganz genau, konnte aber nichts finden, außer einem Brief, der in das weiche Fell eingenäht worden war. Es war ein Brief von Shane, seiner so sehr geliebten Frau, in welchem sie Marc zum Abschied einige Worte aufgeschrieben hatte:

Lieber Marc, ich danke dir
Doch ich kann nicht bleiben
Bist für immer hier bei mir
Ach mein Marc, ich danke dir
Schön unsere Zeiten

Wenn du einmal sehr in Not,
hol die Kissendecke
Auch, wenn ich schon lange tot,
darfst du kommen nie in Not
Helfen wird die Decke

Alabama Hotel

An irgendetwas Schlimmes oder auch Böses erinnerte mich jenes sonderbare Hotel. Ich war in die Wälder Alabamas gefahren und wollte eigentlich Wandern. Allerdings sollte auch noch ein wenig Erholung dabei sein. Das Hotel hatte ich mir auch gar nicht herausgesucht, ich hatte es zufällig beim Herumfahren in dieser Gegend entdeckt. Doch das es derart einsam lag und so merkwürdig aussah, behagte mir irgendwie gar nicht. Bedrohlich erhob es sich zwischen den hohen Kiefern und sah aus wie ein graues Totenmonument. Dennoch wollte ich nicht weiter fahren; ich war hundemüde und wollte einfach nur ins Bett.

Schon im Foyer des nüchternen Gebäudes liefen bleiche Gestalten herum. Es waren Leute, die mich allesamt so merkwürdig anschauten-ich konnte mir das Ganze nicht erklären, sie kannten mich doch gar nicht. Mir war einfach unheimlich zumute und ich hatte nur noch einen Wunsch-auf schnellstem Wege in mein Zimmer zu kommen. Der Concierge, ein junger hohlwangiger, aber überfreundlicher Mann schob mir mit großen Augen den Zimmerschlüssel über den Tresen. Ich unterschrieb auf dem Eincheckformular, welches vor mir lag und begab mich zum Fahrstuhl. Die alte reich verzierte Tür sah gespenstisch aus. Es waren Totenköpfe, die reliefartig die Tür übersäten. Wie konnte man nur so etwas als Zierde anbringen? Ich konnte das nicht verste-

25

hen, doch es wurde noch verrückter. Im Fahrstuhl ruckelte es, als sei ich auf einer Straße mit
Millionen Schlaglöchern unterwegs. Und als ich
schließlich im obersten Stockwerk anlangte, wo
sich mein Zimmer befand, stand schon ein älterer
Herr in schwarzer Livree an der Tür. Mit kühler
monotoner Stimme fragte er mich, wie es mir
ginge. Ich wusste nicht so recht, ob es mir angenehm oder irgendwie komisch zumute war. In
jedem Fall aber war ich hundemüde. Ich erkundigte mich bei dem sonderbaren Herrn, ob ich
immer alle Fahrstühle nutzen könnte, wenn ich
ins Foyer wollte. Der überfreundliche Mann ver-
zog keine Miene und sprach mit eisiger sonorer
Stimme: „Natürlich mein Herr. Alle Fahrstühle
fahren nach unten. Wollen Sie sich überzeugen?
Es geht in jedem Falle abwärts!" Ich lehnte ab
und er grinste ganz merkwürdig und verschwand. Ich war heilfroh, doch noch mein
Zimmer erreicht zu haben und stellte meine Reisetasche neben den hölzernen Einbauschrank.
Erleichtert atmete ich tief ein und fand, dass die
hier mal wieder gelüftet werden sollte. Es roch
muffig alt. Ich lief zum Fenster, um es zu öffnen,
schaute dabei zum Wald, der das Hotel umgab,
und durch welchen ich auch gekommen war. Als
ich hinunterschaute, erschrak ich fürchterlich.
Vor dem Hotelportal standen drei schwarze Leichenwagen, und mehrere Männer in schwarzen
Uniformen trugen weiße Särge aus dem Hotel.
Als sie die Särge in den Bestattungsfahrzeugen
verstaut hatten, schienen sie mich zu bemerken

und starrten regungslos nach oben. Ihre Blicke waren derart durchdringend, dass mir nicht nur ein Kälteschauer über den Rücken lief. Und eine bange Frage nistete sich in meinem Kopfe ein: Wo war ich hier nur hingeraten?

Vielleicht hätte ich doch besser wieder auschecken sollten, denn die Nacht, die mir bevorstand, war noch übler als ich es in irgendeinem Horrorfilm je gesehen hatte. Nachdem ich meine Tasche ausgepackt hatte und mir einen kleinen Imbiss aufs Zimmer bringen ließ, wollte ich mich hinlegen. Draußen war pechschwarze Nacht und seltsamerweise schien das gesamte Hotel im Dunkeln zu liegen. Keine blinkenden Werbetafeln, keine Laternen, nichts, das leuchtete umgab das sonderbare Hotel. Vermutlich war ich dann doch eingeschlafen, denn als ich wach wurde, war schon Mitternacht. Seltsame Geräusche krochen durch die Flure des altehrwürdigen Gemäuers. Es glich einem Röcheln, und schließlich waren da diese Schreie. Sie kamen von den Fahrstuhlschächten. Ich wusste nicht genau, ob ich nachschauen sollte oder nicht. Vielleich hätte ich es besser sein lassen sollen, denn kaum hatte ich mein Zimmer verlassen, um mich zu überzeugen, woher die Geräusche kommen mochten, flackerte das Licht auf der Etage und rote Lichter huschten wie Glühkäfer durch die Luft. Zusammen mit dem Röcheln bildeten sie eine unheilvolle Kulisse. An einer der Fahrstuhltüren stand wieder dieser ältere Herr in der schwarzen Livree. Er verbeugte sich ein wenig und sagte dann:

27

„Wollen Sie nicht mit mir nach unten fahren? Es gibt frisch Geschlachtetes." Ich spürte, wie mir mein Herz bis zum Halse schlug, und in diesem Augenblick bemerkte ich, dass sein weißes Hemd, welches unter der tiefschwarzen Livree hervorschaute, blutrote Flecken hatte. Panisch rannte ich in mein Zimmer zurück, und in diesem Moment hatte ich nur noch einen Gedanken: Raus hier! Nur wie sollte ich an dem merkwürdigen Herrn, der sich an den Fahrstuhltüren herumtrieb, unbemerkt vorbeikommen?

Ich beschloss abzuwarten, bis das Licht nicht mehr flackerte und ich selbst ein wenig zur Ruhe gekommen war. Nach zwei geschlagenen, endlos lang erscheinenden Stunden war es schließlich soweit. Längst hatte ich meine Reisetasche wieder gepackt und stand fertig angezogen hinter der Zimmertür. Angestrengt lauschte ich, ob ich nicht doch noch irgendjemanden hörte. Doch es blieb ruhig, totenruhig sozusagen. Vorsichtig öffnete sich die Tür, doch der Flur war leer. Der Alte schien nicht da zu sein. So schlich ich mich aus dem Zimmer und suchte nach dem Treppenhaus. Den Lift wollte ich nicht nehmen-wer wusste schon, ob er mich sicher nach unten gebracht hätte. Am Ende des Flures entdeckte ich eine Tür. Sie führte tatsächlich zum Treppenhaus und ich rannte, immer besonnen, dass ich nur ja keine Geräusche verursachte, die unzählig vielen Stufen nach unten. Ich vermied, mich im Foyer zu zeigen, lief stattdessen immer weiter bis zum Keller und fand sogar meinen Wagen, der dort unten in der angrenzenden Tiefgarage stand. Zu meinem großen Erstaunen war es das einzige Fahrzeug, das sich dort befand. Aber hatte ich nicht am Abend noch viele Leute im Foyer umherlaufen sehen? Ich verstand das alles nicht, doch da wurde ich auch schon entdeckt! Besser gesagt, ich wurde erschreckt, denn die roten Lichter, die den Augen des Teufels glichen, flogen wie Fledermäuse durch die Gewölbe der Garage. Hastig sprang ich in meinen Wagen und drückte aufs Gaspedal. Seltsamerweise funktionierte das Rolltor nicht. Da es nicht sehr stabil war, durchbrach mein Wagen mühelos diese Absperrung. Draußen wurde es noch verrückter! Der alte Mann in der schwarzen Livree stand an einem Leichenwagen und hob zusammen mit zwei anderen Männern einen schwarzen Sarg in das Auto. Als sie mich sahen, grinsten sie und nickten mir zu. Ich raste an ihnen vorüber und im Rückspiegel sah ich nur noch, dass die Fenster des Hotels allesamt grellrot erleuchtet waren! Plötzlich und wie aus dem Nichts tauchte eine blutverschmierte Gestalt vor meinem Wagen auf! Ihr grausam entstelltes Gesicht stierte Furcht erregend durch die Windschutzscheibe meines Wagens, und Sie wankte dabei, als sei sie längst nicht mehr unter den Lebenden. Ich schaffte es gerade noch rechtzeitig, einen weiten Bogen um die Gestalt zu fahren und raste schließlich durch den angrenzenden dichten Wald, bis ich nach zwei weiteren Stunden endlich eine etwas breitere Straße erreichte. Noch einmal fuhr ich eine knappe Stunde, und endlich, endlich sah ich ein beleuchtetes Schild, welches auf ein Motel hinwies.

Ich fuhr dorthin und parkte mein Fahrzeug neben dem Gebäude. Die nette Dame an der recht gemütlich erscheinenden Rezeption erkundigte sich fürsorglich, ob ich eine gute Fahrt hatte und meinte, dass sie noch ein Zimmer für mich habe. Ich war erleichtert, nach all diesen Strapazen wieder unter normalen Menschen sein zu können. Im angrenzenden Gastraum wollte ich meine Gedanken ordnen und einen Kaffee trinken. Die freundliche Dame von der Rezeption jedoch setzte sich zu mir. Sie schien ziemlich neugierig zu sein, denn sie schaffte es tatsächlich, mich beinahe unmerklich auszufragen. Vermutlich kamen nicht viele Leute hierher, sodass sie stets hinter den neuesten Nachrichten aus der Gegend her war.

Als ich ihr von dem grausigen Hotel im Wald berichtete, wurde sie jedoch ganz plötzlich ziemlich schweigsam. Mit ernster Miene sah sie mich an und schien mir wohl nicht recht glauben zu wollen. Ich konnte mir das zunächst nicht erklären, erfuhr aber wenig später den schier unfassbaren Grund. Vielleicht, weil ich ziemlich plastisch von meinem soeben Erlebten erzählte, meinte sie dann, dass sie schon einmal einen Gast hatte, der solch ein Erlebnis hatte. Nun war ich neugierig geworden und wollte mehr darüber erfahren. Doch die Dame zuckte nur mit den Schulten und starrte mir ungläubig ins Gesicht. Dann sprach sie mit düsterer Stimme die Worte, die ich niemals mehr vergessen werde: „Wissen Sie, dieses Hotel, in welchem Sie waren, gibt es schon lange nicht mehr. Es ist sozusagen ein Geisterhotel und man sagt, dass sich fürchterliche Dinge dort abspielen sollen. Denn immer, wenn es sich im Wald zeigt, geschieht irgendwo in der Gegend ein schreckliches Verbrechen. Das Hotel selbst steht schon sein hundert Jahren nicht mehr. Es brannte ab, weil ein gestresster Hoteldiener vergaß, eine Kerze, die in einem gerade verlassenen Zimmer weiterbrannte, zu löschen. Sie war wohl umgekippt und entzündete beim Herunterfallen die Tischdeckchen, den Teppich und das gesamte Mobiliar. Bei dem fürchterlichen Feuer kamen alle zehn Hotelgäste und das gesamte Personal ums Leben. Man sagt, dass noch heute der alte Besitzer erscheint, um sich einen Menschen zu holen, als Tribut für die Toten in jener Nacht …“

Hollywood Hills Story

Norman lebte allein in einem winzigen Haus in den Hollywood Hills. Er hatte keinen Job und verdingte sich in Hollywood als Gelegenheitsarbeiter in der Hoffnung, eines Tages als Schauspieler entdeckt zu werden. Leider ließ dieser Erfolg auf sich warten und das Geld wurde knapper und knapper. So fuhr er an den Wochenenden zu seinen Eltern, die in San Jose lebten und verlebte doch einige Tage, wo es ihm an nichts mangelte. Immer wieder hatten ihm die Eltern gesagt, nicht allein zu bleiben, vielleicht doch wieder nach San Jose zurück zu kommen. Hier gab es Arbeit und Geld und außerdem war das Leben zu zweit besser, angenehmer und auch sicherer. Immerhin war dann stets jemand vor Ort, wenn es dem anderen so schlecht ging, dass er keine Hilfe mehr holen konnte. Norman aber schlug all die guten Hinweise in den Wind. Er war noch jung und mit seinen gerademal zwanzig Jahren wollte er sich nicht binden. Er hatte sogar Albträume, sah sich als biederen Familienvater am Abend mit Frau und Kind vorm Fernseher mit einer Flasche Bier in der Hand. Nein, so sollte es wirklich niemals enden. Und so hoffte er einfach weiter auf den Traumjob, der doch niemals kam.

An einem schönen Sommerwochenende allerdings schien alles anders. Diesmal sollte er nicht zu den Eltern kommen, weil sie ihn aufsuchen wollten. Sie wollten sehen, ob er sich wirklich wohlfühlte in seinem kleinen Häuschen und seine Mutter erwog heimlich, ein bisschen sauber zu machen und vielleicht die Wäsche zu waschen. Außerdem wollte sie ihm den Kühlschrank mal wieder richtig auffüllen, denn sie wusste genau, dass er das bitternötig hatte. Das Wochenende war wirklich sehr erholsam und die Eltern waren vollauf zufrieden, weil ihr Sohn eine saubere Wohnung hatte und sich auch sonst große Mühe gab, ein anständiges Leben zu führen. Als sie sich am Sonntagabend wieder verabschiedeten, war die Jane, Normans Mutter sehr traurig. Aus irgendeinem Grund schien etwas auf ihrer Seele zu liegen und ihre Augen wurden feucht wie der Morgentau auf den Wiesen. Sie konnte sich einfach nicht von ihrem Sohne trennen und sie konnte sich das alles gar nicht erklären. Als sich der Wagen in Bewegung setzte, öffnete sie noch einmal die Scheibe und winkte Norman lange zu. Doch als er in der Dunkelheit verschwand wurde sie noch trauriger. Ihre Schwermut schien beinahe grenzenlos und sie konnte es sich selbst nicht erklären, was es war. Sie sprach mit Bill, ihrem Ehemann und der versuchte, sie zu beruhigen. Allerdings wunderte auch er sich über die vermeintliche Unruhe seiner Frau. Schließlich konnte er nicht mehr weiterfahren, bog in eine kleine Schneise am Straßenrand und hielt den Wagen an. Die beiden Eheleute sprachen lange miteinander und liefen sogar ein kleines Stückchen durch den angrenzenden Wald. Als sie zum Wagen zurückkehr-

ten, bemerkte Jane, dass irgendetwas auf der Rückbank lag. Als sie nachschaute, stutzte sie, denn es war Normas Geldbörse. Wie kam die nur hierher, Norman hatte doch gar nicht im Wagen gesessen. Wie konnte das nur sein? Nervös holte sie ihr Mobiltelefon aus der Tasche und rief bei ihrem Sohn an. Aber sie hatte keinen Erfolg. Obwohl sie wusste, dass Norman oft lange wach blieb, ging er doch nicht an sein Handy. Das fand sie sehr sonderbar und das ungewisse Gefühl schien sie beinahe auffressen zu wollen. Die Luft wurde ihr knapp und schließlich rief sie laut: „Komm, lass uns noch einmal zurückfahren! Da stimmt was nicht, ich spüre es genau!"
Bill rollte mit den Augen, konnte er sich doch nicht vorstellen, dass sein erwachsener Sohn nicht mannsgenug sein sollte, seine Geldbörse vielleicht in den nächsten Tagen selbst abzuholen. Immerhin war ja nichts drin, was er hätte dringend gebrauchen können, leider auch kein Geld. Jane allerdings bestand auf der Rückfahrt und so kehrten sie kurzerhand um.
Als sie bei Normans Haus eintrafen war alles dunkel und nichts deutete darauf hin, dass irgendetwas nicht stimmen sollte. Dennoch war Jane voller Angst und Panik und stürmte wenig später ins Haus. Und da sah sie das Unglück: ihr Sohn lag bewusstlos am Boden und die Zimmer waren verwüstet. Bill rief schnellstens die Polizei, während sich Jane um ihren Sohn kümmerte. Der kam rasch wieder zu sich und es war ihm glücklicherweise auch nicht viel passiert. Schon

nach wenigen Minuten ging es ihm wieder besser und die rasch eintreffende Polizei konnte wenig später auch die beiden Diebe fassen. Jane weinte und versprach, bis zum nächsten Tag zu bleiben. Und dann sagte sie mit bebender Stimme: „Hätte ich nicht deine Geldbörse auf der Rückbank des Wagens entdeckt, wären wir weiter gefahren, es wäre wohl nicht auszudenken, was dann geschehen wäre!" Norman, der schon wieder lächelte, stutzte ein wenig. „Meine Geldbörse? Wieso?", stieß er erstaunt hervor und dann zog er seine Geldbörse aus der Hosentasche hervor, wo er sie stets aufbewahrte. Die Mutter war starr vor Schreck und Bill schüttelte ungläubig mit seinem Kopf. Wie war das nur möglich? Als er kurz darauf zum Wagen lief, um nachzusehen, konnte er es selbst nicht glauben. Normans Geldbörse, die eben noch auf dem Rücksitz lag, war nicht mehr da. Nachdenklich lief er ins Haus zurück, war jedoch froh, dass alles so gekommen war. Auf diese schier unfassbare Weise konnten sie ihrem geliebten Sohn zu Hilfe kommen, als er sie so dringend brauchte. Für Norman jedoch war dieser Vorfall ein Wink des Schicksals. Er sah ein, dass es wohl nichts brachte, auf diesem verlorenen Posten auf das große Glück zu warten, welches in Form einer Superrolle einer Filmgesellschaft daherkam. Er verkaufte schnellstens sein Haus und zog nach San Jose zu seinen Eltern, wo er schließlich Arbeit, eine kleine Wohnung und sein Glück in Form einer eigenen Familie fand.

Chicago Ice

Dieser Winter ist voller Leichen! So titelte eine namhafte Tageszeitung in Chicago und viele Leute, die jeden Tag aus dem Hause mussten, hatten große Angst. Dennoch musste es weitergehen und so versuchte man, das Unausweichliche, diese ständige Bedrohung zu verdrängen. Und dann geschah es wieder – erneut wurden zwei tote Menschen gefunden. Sie lagen einfach auf dem Bürgersteig und niemand wusste, was ihnen zugestoßen sein konnte, denn von einem Täter fehlte immer jede Spur.

Jerry Byrne hatte all die vielen Horrornachrichten verfolgt und wusste nun selbst nicht mehr, ob er das Haus noch einmal verlassen sollte oder besser nicht. Er wusste, dass es nicht möglich wäre, ohne den Job zu verlieren, einfach für eine unbestimmte Zeit daheim zu bleiben und die Katastrophe auszusitzen. Deswegen nahm er sich vor, genau aufzupassen und sich ständig umzuschauen, während er durch die Straßen lief. Natürlich wusste er genau, dass es nicht möglich war, alles um sich herum unter Kontrolle zu haben. Aber ein gewisses Maß an Aufmerksamkeit konnte keineswegs schaden. So verließ er das Haus und fühlte sich wirklich nicht wohl in seiner Haut. Sein Weg führte durch belebte Straßen und es sah wahrlich nicht so aus, dass ein verrückter Mörder hier herumlungern würde, um gleich loszuschlagen.

Plötzlich allerdings schrie jemand laut auf! Jerry fuhr herum und erschrak! Nicht weit von ihm entfernt lag ein junger Mann. Er bewegte sich nicht mehr und Jerry wusste sofort, was das bedeutete. Als er sich dem Fremden näherte, entdeckte er eine blutende Wunde an seinem Kopf. Vermutlich war der Mann von einem anderen erschlagen worden. Die schnell eintreffende Polizei wunderte sich schon gar nicht mehr, hatte sie doch längst mit dem nächsten Opfer gerechnet. Einer der Beamten meinte, dass es schon ein schwerer Gegenstand gewesen sein musste, mit welchem der Täter zugeschlagen hatte. Als die Leiche abgeholt wurde, lief auch Jerry weiter. Doch es war ganz seltsam, zwar hatte er einen solch furchtbaren Fall noch nie miterlebt, aber irgendetwas erschien ihm sonderbar. Er konnte es sich nicht erklären, aber er spürte es genau und eine innere Stimme meinte, dass hier etwas nicht mit rechten Dingen zuging.

Es hatte wieder zu schneien begonnen, da blieb er stehen und zog sein Mobiltelefon aus der Tasche. Er konnte einfach nicht ins Büro gehen und rief dort an, um sich einen Tag frei zu nehmen. Das ging recht einfach, denn er hatte unzählige Überstunden, und sein Chef hatte ihm schon vor Wochen das Abbummeln dieser Stunden angeboten. Nachdenklich setzte er sich auf eine Bank und schaute sich um. In diesem Winter hatte es wirklich stark geschneit und einen Blizzard hatte es auch schon gegeben. Die zahllosen Schneehaufen türmten sich an den Straßenrändern und die

Leute hatten Mühe, sie zu umgehen. Auch die Autos fuhren vorsichtig und rutschten mehr als sie fuhren. Jerry stöhnte und konnte sich nicht erklären, was da in ihm opponierte, was ihn zu diesem Entschluss, heute nicht zur Arbeit zu gehen, bewog.

Sein Blick streifte die umstehenden Gebäude und die Dächer einiger niedriger Häuser. Dicke Eiszapfen hingen dort herb und schienen eine starke Bedrohung für die Menschen auf dem Bürgersteig zu sein. Aber halt, was war das? Einige der Zapfen schienen sich zu bewegen. Jerry stutzte, rieb sich die Augen und schaute wieder hin. Kein Zweifel, die Eiszapfen bewegten sich, ganz langsam nur aber er konnte es sehen, ganz behutsam, beinahe in Zeitlupe bewegten sie sich hin und her. Diese sonderbare Bewegung glich beinahe dem Pendeln einer Uhr, aber wieso funktionierte das, wenn es doch gar nicht windig war? Plötzlich tat einer der Zapfen einen Satz und sauste hinunter. Unten spielte ein Kind im Schnee. Der Zapfen fiel und fiel und das Kind sprang lachend durch die Schneehaufen. Gleich würde es von dem spitzen Zapfen getroffen, da sprang es in ein Haus und verschwand. Der Zapfen aber fiel nicht einfach so ins Leere. Er machte auf einmal eine scharfe Kurve, und hätte das Kind die Haustür nicht hinter sich geschlossen, wäre er ebenfalls in das Haus gestürzt. Krachend zerschellte er an der Tür und Jerry sprang entsetzt auf, um zum Ort des Geschehens zu eilen. Offenbar hatte das alles kein Mensch bemerkt, jedenfalls nahm niemand Notiz von dem Geschehen. Jerry starrte zum Dach hinauf und bemerkte die sich bewegenden Zapfen. Sie schienen die Straße zu beobachten, aber wie war so etwas nur möglich? Es war doch nur Eis, gefrorenes Wasser sonst nichts, oder? Jerry wusste, dass er schnellstens handeln musste. Er rief die Polizei und versuchte die Leute davon zu überzeugen, einen anderen Weg zu nehmen, nicht unter diesem Dach entlang. Die Menschen schauten zwar ziemlich verdutzt, taten aber, wie ihnen geheißen wurde, und die Zapfen schienen gar nicht erbaut von Jerrys Handeln. Sie schienen sich untereinander zu verständigen, bewegten sich schneller als eben noch, und dann rissen drei von ihnen von der Dachkante ab. Wie Geschosse jagten sie zu Boden und Jerry wusste genau, was sie vorhatten. Sie wollten ihn treffen, wollten sich offenbar an ihm rächen, weil er sie entlarvt hatte. Unterdessen traf die Polizei ein und sperrte die Straße ab. Jerry schaffte es gerade noch rechtzeitig, sich in ein Haus zu retten, als auch schon die drei Zapfen hinter ihm an der Hausmauer zerschellten. Die Beamten, die all das mitverfolgt hatten, trauten ihren Augen nicht. Schnell sprangen sie in ihre Fahrzeuge und warnten die Menschen über Lautsprecher. Panisch rannten die Leute um ihr Leben, retteten sich in die Häuser und schon nach wenigen Minuten war die Straße menschenleer. Die Eiszapfen hatten das alles mitverfolgt und schienen wohl nicht so recht zu wissen, was sie nun tun sollten. Ein eintreffendes Panzerfahrzeug begann schließlich damit, die Zapfen vom Dach zu schießen. Dabei entstand zwar auch an den Dächern ein erheblicher Sachschaden, aber eine andere Möglichkeit gab es im Moment nicht, und die Zapfen konnten restlos beseitigt werden. Das wurde in den meisten Straßen getan und es herrschte über den gesamten Zeitraum Ausnahmezustand in der Stadt. Nach einer Woche war die schwere Arbeit geschafft und kein einziger Eiszapfen hing mehr an irgendeinem Dach. Auch hatte man die Dächer, die für eine solch starke Eiszapfenbildung in Frage kamen, mit einer ganz bestimmten Chemikalie behandelt, die es verhinderte, dass sich neue Zapfen bildeten.

Als man die Zapfen, welche man von den Dächern geholt hatte, untersuchte, konnte man zunächst nichts Besorgniserregendes finden. Doch unterm Mikroskop zeigte sich Unglaubliches: Sämtliche Zapfen schienen mit einer Zellschicht überzogen zu sein. Es handelte sich hierbei um eine organische Schicht, die wohl irgendwie zum Leben erweckt worden war, wie auch immer das geschah. So konnten sich die Zapfen aus eigener Kraft bewegen, wie sie allerdings anstellten, über eine solch bösartige Intelligenz zu verfügen, blieb ein Rätsel. Über Jerrys heldenhaften Einsatz wurde noch tagelang in den Medien gesprochen und es schien, als wenn die Gefahr mit der Beseitigung der Eiszapfen für immer beseitigt worden sei. Es geschah nichts mehr, der Ausnahmezustand wurde aufgehoben und die Menschen liefen durch die Straßen als sei es nie anders gewesen. Schon bald zog der Alltag in die Stadt zurück und die mysteriösen Vorkommnisse mit den Zapfen verblassten.

Eines Abends tobte ein heftiger Blizzard über der Stadt und hohe Schneeberge hatten sich auf den Straßen und Bürgersteigen aufgehäuft. Auch die Dächer waren voller Schnee, doch die Chemikalie verhinderte zuverlässig, dass sich Eiszapfen bilden konnten. Jerry war in Gedanken, als er von der Arbeit nach Hause zurückkehrte. Es war sehr anstrengend, durch den hohen Schnee zu stapfen und der Winterdienst hatte einfach viel zu viel zu tun, um alle Straßen zu beräumen. Plötzlich schien sich einer der hohen Schneehaufen zu bewegen. War es ein Hund, der sich darunter verborgen hatte, eine Katze vielleicht? Offenbar war es nichts dergleichen. Als Jerry vorüberlief, stob der Haufen auseinander, fuhr hoch in die Luft, um gleich darauf wieder zum Erdboden zurück zu sausen. Jerry sah die Schneelawine auf sich zukommen und schaffte es gerade noch rechtzeitig, sich in sein Haus zu retten. Als er durch die Scheibe der Haustür nach draußen blickte, traf ihn beinahe der Schlag. Denn der Schneehaufen hatte sich bedrohlich vor die Tür des Hauses gesetzt und versperrte nun den Weg. Doch da war noch etwas, dass Jerry einfach nicht glauben konnte: In den Schnee war irgendetwas Merkwürdiges geschrieben, dass in feuerroten großen Lettern leuchtete, als hätte es der Teufel in den Schnee geritzt. Jerry wusste genau, was das zu bedeuten hatte, und entzifferte entsetzt das grausige Wort, welches ihn selbst zu meinen schien:

R A C H E !!!

Spuk

Janet Minors wollte sich eine Auszeit gönnen. Sie war eine sehr erfolgreiche Autorin und ihr letzter Roman „Tod um halb 3" wurde ein Bestseller. Und nun, nach all der harten Arbeit wollte sie sich endlich für ein paar Monate zurückziehen. Lange musste sie nicht suchen, denn in den Hügeln bei Parkers Beach fühlte sie sich sofort wohl. Dieses einsam gelegene Hügelland an der Westküste hatte alles, was sie zum Ausspannen brauchte. Sie entdeckte eine idyllisch gelegene Hütte unter dichten Bäumen, von wo aus sie sogar den Ozean sehen konnte. Ja, hier wollte sie sich für die nächste Zeit niederlassen. Und in der Hoffnung, wieder zu sich selbst zu finden, hatte sie ihre Reistasche ins Auto gestellt und war einfach losgefahren. Die kleine Hütte auf dem Hügel bot ein wirklich malerisches Bild. Schon von außen lud es zum Verweilen ein. Alles sah so unglaublich friedlich aus. Sie warf ihre Reistasche hinter die Tür der Hütte und legte sich erst einmal auf das gemütliche Bett. Durch das offen stehende Fenster hörte sie das märchenhafte Rauschen des Ozeans. Sie kam ins Träumen und dachte darüber nach, sich vielleicht sogar zu binden. Bisher hatte sie keinen Mann finden können, denn sie schrieb ja immer nur. Und wenn sie mal nicht schrieb, dann sann sie nach neuen Themen, über welche sie schreiben könnte. Und selbst in der ruhigen Gegend von Parkers Beach drifteten ihre Gedanken schon wieder zu neuen Themengebieten, über welche sie sich in ihrem nächsten Buch auslassen konnte. Vielleicht sollte sie mal Tanzen gehen? Wer weiß, vielleicht würde sie dort einen Mann kennenlernen? Plötzlich durchbrach ein Schrei die Stille. Janet zuckte zusammen - was war das? Ein Tier? Ein Mensch? Oder spielten ihr die langsam zur Ruhe kommenden Nerven einen Streich? Sie schaute kurz zum Fenster und sah die Bäume, die sich leicht und sanft hin und her bewegten. Dabei erzeugten sie ein leises Rascheln. Vielleicht hatte sie sich einfach nur verhört. Doch plötzlich ertönte erneut dieser furchterregende Schrei. Janet sprang aus dem Bett und schaute aus dem Fenster. Doch sie konnte beim besten Willen nichts Bedenkliches entdecken. Auch unten am Strand war kein Mensch zu sehen. Nachdenklich zog sie sich eine dünne Jacke über und ging hinaus. Von irgendwo musste dieser Schrei doch gekommen sein. Ihr ließ das alles einfach keine Ruhe. Sie konnte sich doch nicht so getäuscht haben. Oder etwa doch? Plötzlich sah sie etwas weiter unten jemanden zwischen den Bäumen liegen. Sie erschrak fürchterlich und wusste nicht so genau, was sie tun sollte. Panisch rannte sie hinunter und schaute immer wieder nach der Person, welche sie dort liegen sehen hatte. Immer wieder stolperte sie über morsche Baumwurzeln und beinahe wäre sie sogar hingefallen. Doch als sie bei der Stelle eintraf, wo sie die unbekannte Person hatte liegen sehen war da niemand. Irritiert schaute sie sich nach allen Seiten um, aber sie konnte niemanden entdecken. „Das gibt's doch gar nicht!", rief sie laut. Sie war sich absolut sicher, eben jemanden an dieser Stelle gesehen zu haben. Was ging hier nur vor? Vielleicht war sie nur ein wenig zu schreckhaft oder einfach nur hungrig. Immerhin hatte sie seit Stunden nichts mehr gegessen. Langsam kletterte sie wieder zu ihrer Hütte hinauf und schloss sich dort ein. Irgendwie war ihr diese Sache nicht geheuer. Sie wusste, dass sie etwas gesehen hatte. Und es machte ihr Angst, dass die Person verschwunden war. Spielte ihr am Ende jemand einen üblen Streich? Nur wer sollte das sein? Hier lebte doch kaum jemand. Sie holte ihr Verpflegungspäckchen aus einem Beutel. Dazu hatte sie sich daheim auch eine Thermoskanne heißen Kaffees mit in die Tasche gestellt. Sie aß eine Schnitte und trank den köstlichen heißen Kaffee. Doch so richtig schmeckte ihr das alles nicht. Immerzu musste sie an ihr seltsames Erlebnis denken. War sie am Ende selbst in Gefahr? Wollte ihr irgendjemand ein Zeichen geben? Sie stellte den Kaffee beiseite und packte die restlichen Schnitten wieder ein. Ihre Reisetasche packte sie vorsichtshalber noch nicht aus. Sie konnte das Gefühl nicht loswerden, womöglich sofort wieder aufzubrechen. Ein wenig nervös schaute sie zur Uhr. Es war bereits am späten Nachmittag. Draußen hatte es zu regnen begonnen. Dennoch ging sie hinaus. Sie konnte es sich nicht erklären, aber irgendeine Macht hatte von ihr Besitz ergriffen und sie in den Regen getrieben, um dieser gespenstischen Sache auf den Grund zu gehen.

Als sie langsam den kleinen Hügel hinunter kletterte, drang plötzlich erneut ein lauter Schrei an ihr Ohr. Diesmal aber zwang sie sich, nicht wegzulaufen. Sie blieb stehen und lauschte. Doch wieder blieb es still. Sie lief hinunter zum Strand und schaute zu ihrer Hütte auf dem Hügel. Da fiel ihr etwas Sonderbares auf. Unterhalb der Hütte schienen die Bäume gerodet worden zu sein. Das musste vermutlich schon vor vielen Jahren geschehen sein, denn diese einstmals kahlen Stellen waren mit einer dünnen Grasnarbe überwachsen. Trotzdem war der Unterschied zwischen den alten Wiesen und dem neu darüber gewachsenen Rasen deutlich erkennbar. Was konnte dort sein? Und warum unterhalb ihrer Hütte? Als sie sich wieder abwandte, entdeckte sie erneut diese fremde Person. Es war eine junge Frau mit langen schwarzen Haaren.

Doch diesmal lag sie nicht zwischen Bäumen oder Steinen. Nein, sie stand nicht weit von Janet entfernt im Wasser. Doch sie sah furchtbar entstellt aus. Blut lief ihr übers Gesicht und ihre Kleidung war zerrissen. Sie sah fast so aus, als hätte sie mit jemandem gekämpft. Die Fremde starrte regungslos zu Janet. Was hatte das zu bedeuten? Janet konnte sich keinen Reim darauf machen. Sie rannte zu der fremden Frau, wollte mit ihr sprechen. Unterwegs allerdings stürzte sie und fiel der Länge nach in den Sand. Doch als sie wieder aufstand und weiter rennen wollte, sah sie die Fremde nicht mehr. Das konnte doch gar nicht möglich sein? So langsam zweifelte sie an ihrem Verstand. Am Ende hatte sie wohl doch einen seelischen Schaden erlitten. Vielleicht hatte sie einfach zu viel gearbeitet? Nachdenklich ging sie zu ihrer Hütte zurück. Bis es dunkel wurde, dachte sie über das Erlebte nach. Sie sah diese blutende junge Frau, hörte diese entsetzlichen Schreie und fürchtete sich plötzlich sehr.

Es wurde Nacht und sie ging hinaus, um die Fensterläden der Hütte zu schließen. So dunkel wie es vor der Hütte war, wurde es bei ihr daheim in Denver nicht. Irgendwie sah man da immer noch etwas, auch, wenn man weit draußen unterwegs war. Aber in dieser Einöde? Sie wollte so schnell wie möglich wieder in die halbwegs sichere Hütte und beeilte sich, die Läden zu zuklappen. Als sie so in die Dunkelheit starrte, sah sie plötzlich zwei stechend rote Lichter. Dabei pfiff ein eiskalter Wind aus Richtung des Strandes zu ihr herüber. Ein eisiger Schauer rann ihr den Rücken hinunter. Die beiden roten Lichter sahen aus wie die Augen des Teufels. Und Janet spürte, dass diese eisige Luft der kalte Hauch des Todes sei musste. Immerhin hatte sie ja auch diese mysteriöse grausam entstellte junge Frau gesehen und diese furchtbaren Schreie gehört. Mit zitternden Händen öffnete sie die Tür der Hütte und sprang hinein. Schnell knallte sie die Tür zu und verschloss sie hinter sich. Dann verriegelte sie die Fensterläden von innen. Sie wollte sicher gehen, dass auch wirklich keiner zu ihr hinein kommen konnte. Als sie an der Tür stehenblieb, um zu lauschen, ob sich jemand davor aufhielt, vernahm sie ein Atmen. Es war derart Angst einflößend, dass sie sich ihr Handy holte, um die Polizei zu rufen. Doch es musste ihr entgangen sein, dass es hier oben auf dem Hügel zwischen all den vielen dichten Bäumen keinerlei Empfang gab. Ärgerlich warf sie das Handy auf das Bett. Sie glaubte sich längst verloren und dem Teufel ausgeliefert, da klopfte es an der Tür. Voller Angst zuckte sie zusammen. Jetzt war es wohl soweit, der Teufel kam, um sie zu holen! Sie schlich sich zur Tür und wartete einige Zeit ab. Da klopfte es erneut. Sollte sie fragen, wer davor stand? Aber was wäre, wenn sie keine Antwort erhielt? Dann wüsste der Teufel, dass sie in der Hütte war. Trotzdem, sie musste etwas tun, sie wollte fragen. Leise sprach sie: „Wer ist da?" Eine raue Männerstimme antwortete: „Kommissar Craven, machen Sie mal bitte auf, ich muss Ihnen einige Fragen stellen!" Zwar hörte sich die Stimme des Kommissars recht forsch und glaubhaft an, doch warum kam er so spät am Abend zu ihr? Und warum kam er überhaupt? War irgendetwas passiert oder war es nur eine Falle? Eigentlich wollte sie nicht öffnen, doch sie musste es tun. Nur so könnte sie Gewissheit erlangen, ob es wirklich der Kommissar war. Zögernd schloss sie auf und öffnete die Tür. Entsetzt sprang sie einen Schritt zurück und glaubte für eine Sekunde, die hässliche Fratze der blutenden jungen Frau vor sich zu sehen.

Doch diesmal hatten ihr die Nerven tatsächlich einen bösen Streich gespielt. Denn vor der Tür stand nur ein Polizist. Er stellte sich vor: „Kommissar Craven! Sind Sie Mrs. Minors?" Janet nickte und erkundigte sich sofort, was geschehen war. Der Kommissar bat, hereinkommen zu dürfen. Nur so könnte er ihr alles berichten. Und Janet, der es sichtlich peinlich war, dem Kommissar dies nicht schon längst angeboten zu haben, bat ihn in die Hütte. Der Kommissar winkte ab und meinte dann, dass er Janets Aufregung verstehen könnte. Doch man habe abends eine Tote am Strand gefunden. Es handelte sich hierbei um eine lang gesuchte junge Frau aus der Gegend. Er fragte Janet, ob sie vielleicht etwas darüber wüsste. Janet glaubte schon, der Schlag habe sie getroffen und erzählte dem Kommissar, was sie gesehen hatte. Sie erzählte ihm von den Schreien und der blutüberströmten jungen Frau am Strand. Doch das war ja alles bereits am Nachmittag. Die junge Frau hatte sie nirgends mehr finden können. Wieso war sie am Abend dann am Strand tot aufgefunden worden? Und vor allem, von wem? Janet wusste nicht, wie sie das deuten sollte. Sie konnte es weder verstehen noch konnte sie dem Kommissar etwas Genaues mitteilen. Immerhin war sie erst am Mittag in Parkers Beach eingetroffen. Der Kommissar warf ihr einen seltsamen Blick zu und meinte dann mit ernster Miene, dass sie sich sofort melden sollte, wenn ihr irgendetwas Verdächtiges auffiele. Janet versprach es und war heilfroh, dass der

Kommissar endlich wieder ging. Irgendetwas Merkwürdiges lag in seinem Blick. Es war schon ganz gut, dass er wieder fort war. Dennoch machte ihr diese Einsamkeit Angst. So allein fühlte sie sich diesen finsteren Mächten, die es hier allem Anschein nachgeben musste, ausgeliefert. Ihr Herz schlug ihr bis zum Hals und sie packte ihre Reisetasche noch immer nicht aus. Im Gegenteil, die packte die Schnitten und die Thermoskanne mit dem restlichen Kaffee wieder ein und stellte die Tasche neben die Tür. Sie wollte sichergehen, schnell nach ihr greifen zu können, im Falle, sie musste fliehen. Die schlimmen Erlebnisse hatten sie müde werden lassen. Sie legte sich auf das Bett und wollte ein wenig schlafen. Doch sie brachte kein Auge zu. Immer wieder starrte sie hinüber zur Tür. Was waren das für rote Lichter? Und wer war diese unbekannte junge Frau? Und warum hatte man sie ganz plötzlich tot am Strand gefunden, wo sie doch wenige Stunden zuvor noch unten am Strand entlanggelaufen war. Sie fand einfach keine Antwort auf diese Fragen. Und dann dieser seltsame Kommissar, der machte solch einen komischen Eindruck. War er wirklich ein Polizist? Aber er trug ja eine glaubhafte Uniform, warum also sollte er gelogen haben? Das machte doch alles keinen Sinn! Sie stand auf und wollte brauchte Sauerstoff. Doch wenn sie jetzt die Tür öffnete, konnte sie sich nicht sicher sein, ob nicht doch ein Fremder, ein Geist oder sogar der Leibhaftige zu ihr kam. Und wer weiß, was ihr dann geschah. Nein, sie konnte nicht dort hinaus. Es ging einfach nicht. Als sie sich ins Bett zurücklegen wollte, erschrak sie fürchterlich. Vor ihrem Bett stand die schwarzhaarige junge Frau. Nur blutete sie diesmal nicht. Janet wollte aus der Hütte rennen und um Hilfe schreien, da sprach die junge Frau und ihre Stimme hörte sich so traurig und so normal an: „Warte! Du darfst jetzt nicht gehen. Ich kann nur noch dieses eine Mal kommen. Fahre noch heute Nacht ab. Du musst die Polizei holen. Der Kommissar hat mich umgebracht. Er ist kein Kommissar, er ist der Teufel! Und nun flieh, solang es noch Zeit ist!"

Die junge Frau verschwand und Janet stand wie gelähmt vor dem Bett. Ihr schien der Atem zu stocken und sie rang nach Luft. Sollte sie dieser Frau wirklich Glauben schenken? Offenbar war sie ein Geist. Und es schien, als ob alles das, was der vermeintliche Kommissar gesagt hatte, gelogen war. Nie im Leben hatte man eine Tote am Strand gefunden. Wer weiß, wo er die Tote versteckt hatte. Vermutlich hatte er Janet beobachtet, wie sie am Strand entlang lief. Und er sah den Geist, wie er Janet immer wieder erschien. Natürlich konnte ihm das nicht recht sein. Er wollte irgendetwas verschleiern. Da erschien er bei Janet, um sie einzuschüchtern. Und er schien auch Erfolg damit zu haben. Janet war zu Tode erschrocken. Sie konnte auch nicht mehr klar denken. In ihr kreiste nur ein einziger Gedanke: nur fort von diesem entsetzlichen Ort! Schnell warf sie sich ihre Jacke über und schaute, ob sie auch alles eingepackt hatte. Dann griff sie mit der einen Hand nach ihrer Reistasche und mit der anderen nach einem Messer, das auf der kleinen Küchentheke lag. Vorsichtig schloss sie die Tür auf und rannte zum Wagen. Sie warf die Tasche auf die Rückbank und fuhr so schnell sie konnte davon. Hinter sich glaubte sie, die roten Augen zu sehen. Doch sie verfolgten sie nicht. Nach einigen Minuten bog sie auf den Highway und fühlte sich wieder halbwegs sicher. Hier fuhren wieder etliche Fahrzeuge und die nächste Stadt war nicht mehr weit. Dort fuhr sie vom Highway ab und begab sich sofort zur nächsten Polizeistation. Die Beamten dort wunderten sich über die vollkommen aufgewühlte Besucherin. Janet musste sich erst einmal setzen. Sie konnte einfach nicht mehr und noch immer bebte sie am ganzen Leibe. Nur mit Mühe konnte sie von ihren gruseligen Erlebnissen berichten. Die Beamten hörten sich alles an und meinten, dass es einen Kommissar Craven gar nicht gab. Im Gegenteil, man suchte seit langer Zeit nach einem Mörder, der schon zwei Frauen in der Gegend getötet hatte. Jedes Mal war er als Kommissar verkleidet aufgetaucht. Doch er hatte stets Glück. Denn er schüchterte seine Opfer erst ein, bevor er schließlich zuschlug. Er gab vor, als Kommissar dringend in die Häuser der Frauen zu wollen, damit er sie etwas Wichtiges fragen könnte. Doch in Wahrheit wollte er sich nur versichern, dass die Frauen allein lebten und auch genügend Geld besaßen, welches er ihnen schließlich stehlen konnte. Allerdings raubte er ihnen nach seinen verwerflichen Morden auch die Einrichtung und diverse Schmuckstücke. Janet traute ihren Ohren nicht. Schlagartig wurde ihr klar, dass sie beinahe selbst ein solches Opfer geworden wäre. Noch am gleichen Abend konnte der falsche Kommissar festgenommen werden, denn er war tatsächlich noch einmal zu Janets Hütte zurückgekehrt, weil er annahm, sie sei noch dort. Dass ihr aber unterdessen diese fremde junge Frau erschienen war, konnte er nicht einmal ahnen. Man fand auch, wo er das geraubte Gut aus den Häusern der Frauen versteckte. Es befand sich in einer Höhle unterhalb von Janets Hütte. Sie hatte sich also nicht geirrt, als sie bemerkte, dass die Wiese unterhalb der Hütte noch relativ unberührt erschien. Dort hatte der Mörder die Höhle gegraben und dann Gras darauf gesät, damit man diese Höhle nicht fand. Durch eine von Gras überwachsene Klappe gelangte er in diese geheime Höhle. Janet war erleichtert, dass sie den wirklichen Polizisten so entscheidend weiter helfen konnte. Dennoch wusste sie noch immer nicht, wer diese fremde junge Frau war, die ihr immer wieder erschien. Als sie einige Plakate an der Wand des Polizeipräsidiums entdeckte, fand sie auch die Antwort auf ihre Frage. Dort hingen die Fotos von vermissten oder bereits tot aufgefundenen Personen.

Auch die junge Frau mit den langen schwarzen Haaren war darunter. Sie wurde einst tot am Strand gefunden. Der falsche Kommissar hatte sie damals umgebracht, doch man hatte ihn nie finden können. Noch in der gleichen Nacht fuhr Janet nach Hause. Sie konnte nicht wissen, dass es noch immer eine Sache gab, die nicht aufgeklärt wurde. Zwar hatte man den Mörder endlich fassen können, der in Parkers Beach sein Unwesen trieb. Doch woher diese seltsamen roten Lichter kamen, wusste sie noch immer nicht. Vielleicht hatte sie sich das in Anbetracht all dieser schrecklichen Erlebnisse nur eingebildet. Denn es gab ja weder einen Teufel noch dessen Augen. Und als sie so auf dem Highway in Richtung Denver düste, bemerkte sie im Rückspiegel zwei rote Lichter, die sie zu verfolgen schienen. Der Highway führte schließlich an einer Kirche vorbei. Als sie die Kirche passierte, flammten die roten Lichter hell auf und verschwanden. Sie kehrten nie mehr zurück und Janet setze sich daheim an ihren Laptop und tat das, was sie eigentlich immer tat, sie schrieb ihren nächsten Roman. Er wurde wie all ihre vorherigen Romane ebenfalls wieder ein Bestseller. Er hieß: Der Spuk von Parkers Beach …

Das Licht von der Clay Street

Guss lebte seit vielen Jahren in der großen Stadt San Francisco. Er war ein Gemüseverkäufer und besaß einen kleinen Laden dort. Seit Generationen hatte sich dieser Gemüseladen weitervererbt. Allerdings liefen seit Monaten die Geschäfte nicht sonderlich gut und er dachte bereits darüber nach, den Laden aufzugeben. Nur müsste er dann auch sofort alle Kredite, die auf diesen Laden liefen, zurückzahlen. Das jedoch konnte er nicht und so hielt er sich mit Mühe und Not über Wasser. Auch konnte er diesen Laden, den er doch so sehr liebte, nicht in fremde Hände geben. Leisten konnte er sich schon lange nichts mehr und er lebte eigentlich nur von der Hand in den Mund. Er glaubte auch nicht an Gott, denn der ließ es ja zu, dass es ihm so schlecht ging. So lebte er halt mehr schlecht als recht und ohne große Reichtümer zwischen Möhren und Tomaten und glaubte nicht daran, dass es jemals anders werden würde. An einem diesigen Dezemberabend lief er mal wieder nachdenklich die Clay Street entlang und schaute sich die hell erleuchteten Schaufenster der teuren Läden an. Ja, diese Leute hatten es geschafft und konnten glücklich sein. Und sehnsüchtig schaute er in den Himmel über sich. Doch da sah er nur Nebel und sonst nichts. Alles in seinem Leben erschien ihm irgendwie undurchsichtig und unklar. Mutlos setzte er sich auf eine Bank und beobachtete die Leute, die an ihm vorüber liefen. Und irgendwie fühlte er sich vergessen in dieser hektischen Welt. Er glaubte, dass er das alles nicht mehr schaffen könnte und wäre am liebsten niemals wieder aufgestanden. Da sah er ein winziges Licht, wie es neben ihm auf der Bank hin und her tänzelte. Er rieb sich seine Augen, doch das Licht blieb. Sollte er jetzt schon verrückt werden? Und obwohl er sich zwang, dem Licht auszuweichen, starrte er doch immer wieder dorthin. Es schien, als ob sich dieses kleine Licht ein wenig lustig über ihn machte. Immer wieder tanzte es auf und nieder und manchmal stupste es ihn leicht an. Aber er spürte nichts davon, trotzdem war es ihm aufgefallen. Schließlich stand er auf und lief ein paar Schritte. Doch das Licht folgte ihm. Egal, wohin er auch ging, immer war das Licht neben ihm. So langsam gewöhnte er sich daran und es schien ihm sogar Spaß zu machen, mit diesem Licht durch die Straßen zu laufen. An einem Kiosk blieb er stehen und fragte die Verkäuferin, ob sie irgendetwas neben ihm bemerkte. Doch die Dame schaute ihn nur misstrauisch an und schüttelte mit dem Kopf. Dann sagte sie, dass er sie nicht veralbern sollte. Sie könnte nichts neben ihm entdecken.

Da wusste er, dass offensichtlich nur er dieses Licht sehen konnte. Aber wieso sah er es? Warum war es plötzlich da und wich ihm nicht mehr von der Seite? Er konnte sich das nicht erklären und ging noch einmal zu seinem kleinen Gemüseladen. Und kaum war er im Geschäft, begann das kleine Licht durch alle Regale zu tanzen und flog von der Kasse bis hin zu den Waagen, die überall herumstanden.

Es hatte offenbar seine helle Freude, diesen Laden zu besichtigen. Guss wurde immer fröhlicher und seine Laune besserte sich von Minute zu Minute. Er lachte und tanzte mit dem Licht durch sein Geschäft. Da kullerten die Tomaten durch die Gänge und der Sellerie flog durch die Luft. Das Licht schien mit ihm spielen zu wollen und die beiden konnten sich gar nicht mehr beruhigen. Das Schauspiel dauerte beinahe die ganze Nacht und als sich Guss müde hinter seine Kasse setzte, kam das Licht auf seinen Schoß und wärmte ihn ein wenig. Es verhielt sich wie ein guter Freund, der sich um ihn sorgte. Plötzlich erhob sich das Licht und flog zu einer Seitentür. Dahinter befand sich ein winziger Lagerraum. Doch Guss hatte dort nicht sehr viel zu lagern, weil die Kühlung längst nicht mehr funktionierte und er das Geld nicht hatte, die Kühlaggregate reparieren zu lassen. Deswegen nutzte er ihn nur noch als Abstellkammer. Das Licht zwängte sich durch die undichte Tür und Guss lief ihm hinterher. In dem kleinen Lagerraum roch es modrig und muffig, sodass Guss eigentlich gleich wieder rausgehen wollte. Doch das Licht schien das nicht zu wollen, es tanzte an den Wänden auf und nieder und schien hindurch zu wollen. Als Guss schon in der Tür stand, setzte sich das Licht auf den Fußboden vor ihn und rührte sich nicht mehr. War es beleidigt, dass er hinausgehen wollte? Das Licht erhob sich wieder und tanzte erneut an der Wand herum. Guss wurde stutzig und beobachtete es noch eine Weile. Als es nicht mehr von dieser Wand wich, kam Guss ein Gedanke. Vielleicht verbarg sich ja ein Geheimnis hinter dieser Wand? Aber welches Geheimnis sollte dort schon sein? Es war eben nur eine schmutzige schiefe Wand. Trotzdem ging er zu dem Licht und pochte mehrmals gegen diese vermeintlich bedeutungslose Wand. Und es hörte sich irgendwie hohl an, so, als sei etwas dahinter. Hatte hier jemand etwas versteckt? Das Licht flog immerzu um diese Stelle herum und gab einfach keine Ruhe. Guss holte sich seinen Werkzeugkasten, den er wegen der Reparaturen, die er längst selbst ausführte, stets in Griffweite hatte und nahm sich einen Hammer zur Hand. Damit pochte er auf der Stelle herum, die sich am hohlsten anhörte. Immer heftiger schlug er dagegen und schließlich gab die Wand nach.

Es war nur ein Holzbrett, welches einen weiteren Durchgang freigab, der sich dahinter befand. Guss drückte das Brett beiseite und brauchte nur hindurchzutreten, da stand er auch schon in einem weiteren, noch viel kleineren Raum als der Lagerraum war. Genau vor ihm stand ein niedriges altes Schränkchen, sonst war nichts in diesem Raum. Das Schränkchen besaß drei Schubladen. Guss öffnete eine und fand dutzende von alten Wertpapieren, die irgendjemand dort aufbewahrt hatte. „Wem die wohl gehörten?", fragte er sich. Doch dann öffnete er die zweite Schublade und fand mehrere Bündel Dollarnoten. Staunend nahm er das viele Geld an sich und zählte es. Es waren fünfzigtausend Dollar. Vorsichtig legte er es jedoch wieder zurück, weil es ihm ja nicht gehörte. Kopfschüttelnd öffnete er die dritte Schublade und fand dort ein kleines Büchlein vor. Er holte es aus dem Kasten und schlug es auf. Die Kritzeleien konnte er jedoch nicht entziffern. Ganz hinten in dem Büchlein steckten jedoch einige alte Fotos. Guss schaute sie sich an und erstarrte vor Schreck. Denn die Person, die er auf dem Foto erkannte, war sein Großvater. Und plötzlich erinnerte er sich an seine Kinderzeit, als Großvater diesen Laden führte. Von seinem bisschen Ersparten hatte er diesen Laden erworben und aufgebaut. Dass es dieses Hinterzimmer gab, hatte Großvater nie erwähnt. Sicher hatte er es absichtlich geheim gehalten, um sicher zu gehen, dass keiner hineinging und die Wertpapiere fand. Die ganze Nacht hindurch saß Guss neben dem Licht und schaute sich die alten Fotos an. Er versuchte, in dem kleinen Büchlein irgendetwas zu entziffern. Und bei so mancher Zeile gelang ihm das auch. Es waren wohl viele Erlebnisse, die sein Großvater damals mit Großmutter hatte. Denn auch ihre Fotos entdeckte Guss in dem kleinen Büchlein. Am nächsten Morgen brachte er die Wertpapiere zur Bank Und dort bekam er den Schock seines Lebens. Sie waren fünfhunderttausend Dollar wert. Das Geld nahm er, um den Laden von Grund auf sanieren zu lassen. Und vom Bargeld, welches ebenfalls in dem Schränkchen lag, unternahm er eine kleine Reise. Und immer begleitete ihn das kleine Licht. Eines Tages, als Guss wieder in seinem Laden stand, spürte er, dass etwas anders war als sonst. Das Licht schwebte andauernd an der Eingangstür auf und ab. Was hatte das zu bedeuten? Doch wenig später wusste er es- das Licht wollte sich von ihm verabschieden. Es flog noch einmal zu Guss an die Kasse und formte sich plötzlich zu einem Gesicht. Da musste Guss weinen, denn es war das Gesicht seines Großvaters. Schließlich flog das Licht hinaus und verschwand im wolkenlosen Himmel. Guss war so glücklich, seinen Großvater noch einmal gesehen zu haben. Sein Geist war noch einmal zu ihm zurückgekehrt, um ihm das Hinterzimmer zu zeigen. Und weil er fortan an Wunder glaubte, ging er das erste Mal in die Kirche und betete zu Gott. Da brachen alle Dämme und er spürte eine unglaubliche Wärme in seinem Herzen und ein kleines Licht flog vom Alter zu ihm hin. Und in diesem magischen Augenblick wusste er, dass er hier in der Kirche seinem Großvater immer nahe sein würde …

Waverly Hills

Es war ein wundervoller Urlaub. Ich hatte mich in einem romantischen Berghotel in den Rocky Mountains eingemietet und ging jeden Tag durch die faszinierende Bergwelt spazieren. Die Kälte reinigte meine Seele und die Sonne gab mir wieder neue Kraft. Ich beschäftigte mich damals mit mystischen Orten. In diesen Tagen war das sagenhafte Waverly-Hills-Sanatorium in Louisville/Jefferson County an der Reihe. Ich entdeckte es im Internet und ich fand das Aussehen der verfallenen Gebäude wirklich genau richtig, um dort nach rätselhaften Geistern und diversen Spukgeschichten zu suchen. Besonders beeindruckte mich die sogenannte Körperrutsche, auf welcher einst die unzähligen Leichen, ungesehen nach unten befördert werden konnten. Solch eine bauliche Besonderheit hatte ich bis dahin noch nirgendwo gesehen. Und ich wollte mich eigentlich selbst von all diesen Dingen überzeugen. Doch ich wollte auch meinen Urlaub genießen. Aber plötzlich geschahen äußerst seltsame Dinge, die ich mir einfach nicht erklären konnte. An jenem Morgen wollte ich zu einer neuen Bergtour aufbrechen. Das Wetter war gut und ich wollte mich irgendwo in luftiger Höhe in die warme Sonne legen und an gar nichts denken. Auf dem Flur herrschte reger Betrieb. Irgendwie schienen alle den gleichen Gedanken zu haben. Bei meinem Weg ins Restaurant fiel mir eine junge schwarzhaarige Frau auf. Sie schien zum Personal zu gehören, denn sie trug einen weißen Kittel. Sie fiel mir auf, weil sie irgendetwas zu suchen schien. Als sie mir entgegen kam, schaute ich unweigerlich in ihre großen dunklen Augen. Sie schienen irgendwie traurig zu sein und ich fragte sie, was sie suchte. Doch sie sah mich so merkwürdig an, schien durch mich hindurchzuschauen und lief einfach weiter. Ich lief ihr nach und fragte sie erneut. Doch sie nahm keinerlei Notiz von mir und verschwand schließlich in einem der Zimmer. Da die Zimmertür nur angelehnt war, schaute ich ins Innere des Raumes. Doch da war niemand. Ich war mir jedoch sicher, dass die junge Frau in dieses Zimmer hineingegangen war. Ich schaute auf die Zimmernummer: es war Zimmer 502. ein wenig irritiert ging ich ins Restaurant und ließ mir mein Frühstück schmecken. Dennoch musste ich immerfort an diese junge Frau denken. Wieso konnte ich sie im Zimmer nicht sehen, wenn sie doch dort hinein gegangen war? Es war sehr seltsam und ergab irgendwie keinen rechten Sinn. Nachdenklich brach ich zu meiner Wanderung auf. Es war wirklich ein herrlicher Spaziergang und ich entdeckte eine große Wiese, die offensichtlich von noch keinem anderen Touristen gefunden wurde. Ich setzte mich auf einen Baumstumpf und schloss meine Augen, während ich mein Gesicht von der Sonne bräunen ließ. Plötzlich sprach mich jemand an: „Junger Mann, darf ich Sie mal stören?" Ich öffnete meine Augen und schaute in das makellose Gesicht der fremden jungen Frau aus dem Hotel. In ihrem weißen Kittel stand sie vor mir und lächelte mich an. „Sie haben mich vorhin so seltsam angeschaut.", sagte sie, während sie sich dem Sonnenlicht entgegen wandte. Ich wunderte mich wirklich sehr, denn die junge Frau hatte nichts bei sich. Sie trug nicht einmal eine Jacke obwohl es so kalt war. Und noch seltsamer fand ich, dass sie mir nur wegen meiner Blicke gefolgt war. „Ja, Sie sind mir aufgefallen, weil Sie wohl etwas suchten.", antwortete ich verlegen und sie schien plötzlich Tränen in ihren Augen zu haben. Doch dann sprach sie die düsteren Worte, die mir einen eisigen Schauer über den Rücken trieben: „Es ist fort. Mein Kind, es ist tot! Ich habe gestern nur mein Zimmer gesucht, Zimmer 502."

Ich konnte gar nichts mehr sagen, wieso war ihr Kind tot? Hatte sie es etwa … doch das war ja unmöglich. In diesem unglaublichen Fall wäre sie mir niemals gefolgt. Sie hätte sich verborgen oder wäre vor Angst sogar geflohen. Ich wollte dennoch unbedingt wissen, was sie mit dem toten Kind meinte. Doch als ich sie danach fragte, schwieg sie. Sie meinte nur, dass sie Schwester Mary sei und niemals über den Tod ihres Kindes hinweg kommen würde. Und plötzlich nahm sie meine Hand und presste sie fest an sich. Ich spürte, dass ihre Hand eiskalt war und konnte ihr sonderbares Verhalten einfach nicht verstehen. Ich drückte ihre Hand, wollte sie beruhigen und ihre Hände ein wenig aufwärmen. Doch sie zog ihre Hand zurück und sagte leise: „Ich muss wieder zurück. Es ist alles zu spät, denn mein armes Kind, es ist tot."

Weinend lief sie davon und verschwand schon bald zwischen den Bäumen am Wiesenrand. Ich wollte ihr nachlaufen, doch ich fand sie nirgends mehr. Sie war wie vom Erdboden verschwunden. Gegen Mittag kehrte ich ins Hotel zurück und wollte Genaueres über diese vermeintliche Schwester herausfinden. Dazu befragte ich ein Zimmermädchen des Hotels, aber die konnte sich nicht an eine Schwester Mary erinnern. Auch an der Rezeption des Hotels wusste niemand, wer die vermeintliche Schwester sein konnte. Ich sah sie nicht wieder, doch am Abend, als ich mich wieder meinen mystischen Thematiken zuwandte, bekam ich den Schock meines Lebens. Im Internet informierte ich mich wieder über das Weverly-Hills-Sanatorium, meinem neuesten Studienobjekt. Doch was ich dort las, konnte ich nicht fassen. Es wurde über eine geheimnisvolle Schwester Mary berichtet, die angeblich ihr Kind abgetrieben haben sollte und sich schließlich in Zimmer 502 an einem Deckenbalken erhängt haben sollte. Es war einfach unglaublich, aber die Schwester wurde als schwarzhaarige junge Frau beschrieben. Sollte diese Mary etwa ... aber das war ja vollkommen unmöglich. Und was suchte sie ausgerechnet in diesem Hotel? Ich musste der Sache auf den Grund gehen und wollte ins Zimmer 502, um nach Schwester Mary zu sehen. Vielleicht konnte ich ihr helfen oder den mysteriösen Spuk aufklären. Immerhin hatte ich diese Frau am Vortage in dieses Zimmer gehen sehen. Doch als ich auf dem Flur eintraf, wo dieses Zimmer hätte liegen müssen, befand es sich nicht mehr. Die Zimmer endeten bei Nummer 500. Als ich an der Rezeption nach Zimmer 502 fragte, sagte man mir, dass es ein Zimmer mit der Nummer 502 in diesem Hotel nie gegeben hatte ...

Die sonderbare Mrs. Smith

Es war bereits Nacht, als ich den Hollywood-Highway entlang fuhr. Ich wollte nur noch nach Hause und ich dachte schon an mein warmes gemütliches Bettchen. Der Scheinwerferkegel meines Autos bohrte sich in die Dunkelheit und die Müdigkeit malte seltsame Gebilde in die Nacht dort draußen. Plötzlich bemerkte ich eine Person, die am Straßenrand entlanglief. Ich verstand nicht, wie das sein konnte, schob das auf meine immer stärker werdende Müdigkeit. Doch als ich an der Person vorüber fuhr, war mir klar, dass ich mir das nicht eingebildet hatte. Es war eine alte Frau, die sich durch mein vorüber fahrendes Fahrzeug nicht stören ließ. Das verwunderte mich und ich fuhr rechts ran, um den Wagen anzuhalten. Da nicht viel Betrieb auf dem Highway war, bestand auch kaum Gefahr, von einem anderen Fahrzeug angefahren zu werden. Dennoch fragte ich mich, warum diese alte Frau ausgerechnet auf einem Highway unterwegs war. Ich fuhr ein wenig zurück, um der alten Dame entgegen zu fahren. Dann stieg ich aus und rief: „Hallo, was tun Sie mitten in der Nacht hier draußen?" Die Alte blieb stehen und musterte mich irritiert. Nur die Scheinwerfer meines Wagens spendeten ein wenig Licht und ich sah, wie die Alte aus dem Scheinwerferlicht trat. Ich stellte mich kurz vor und meinte, dass ich sie mit in die Stadt nehmen könnte. Zunächst lehnte sie ab, doch dann machte ich ihr klar, wie gefährlich ihr nächtlicher Ausflug auf dem Highway sein konnte und schließlich stieg sie ohne weitere Worte in meinen Wagen. Erleichtert schwang ich mich hinters Steuer und wir fuhren los. Lange Zeit schwieg sie und ich wagte nicht, sie irgendetwas zu fragen. Doch dann meinte sie ein wenig reserviert: „Warum halten Sie ausgerechnet bei einer alten Frau? Nehmen Sie doch junge Mädchen mit, an mir werden Sie keine Freude haben." Ich verstand nicht, was sie damit zum Ausdruck bringen wollte. Ich war weder auf der Suche nach einer Bekanntschaft noch interessierte mich ihr Alter. Ich wollte ihr ja nur etwas Gutes tun und sie in die Stadt zurück bringen. Und so antwortete ich nicht auf ihre Bemerkung, schmunzelte nur verlegen. Die Alte schien das bemerkt zu haben und sagte ein wenig verbindlicher: „Mein Name ist Serelda Smith und ich lebe im Seniorenstift in der Franklin Avenue. Bitte bringen Sie mich dorthin." Ich fand es bemerkenswert, dass sie mir nun sogar ihre Adresse nannte. Ich kannte das Seniorenstift. Es war eine sehr eindrucksvolle Villa, in welcher ausschließlich betuchte Senioren untergebracht waren. Ich beeilte mich, fuhr zügig in die Stadt und brachte sie bis zu der von ihr geschilderten Adresse in der Franklin Avenue. Eine Weile standen wir vor dem Gebäude und die alte Dame zeigte sich plötzlich sehr gesprächig. Sie erzählte mir von ihrem Leben und von ihrem Mann, der schon seit drei Jahren tot war. Sie hatte wohl Millionen geerbt, doch irgendetwas schien sie zu bedrücken.

Schon bald erzählte sie mir, was es war. Eine habgierige Schwester, die sich Mary Shields nannte, hätte es angeblich auf ihr gesamtes Vermögen abgesehen. Immer wieder hatte sie versucht, die alte Dame auf irgendeine Art und Weise, die man nie nachweisen konnte, ums Leben zu bringen. Ich konnte nicht verstehen, dass Mrs. Smith nie zur Polizei gegangen war. Immerhin ging es um ihr Leben und auch um ihr beträchtliches Vermögen. Mrs. Smith jedoch wollte keine Polizei. Sie wollte die Sache aussitzen und abwarten, was geschieht. Ich verstand das nicht, wollte sie noch bis zu ihrem Zimmer bringen. Doch dann gab sie mir ein merkwürdiges Seidentuch mit einem darin eingenähten goldenen Ring und sagte: „Sie brauchen mich nicht hinein zu bringen. Warten Sie zehn Minuten und behalten Sie dieses Tuch. Es wird Ihnen noch viel Glück bringen." Ich starrte die alte Dame verständnislos an, während sie mit einem leichten Augenzwinkern aus meinem Wagen stieg. Langsamen Schrittes und ohne sich noch einmal umzudrehen, verschwand sie im Inneren der Villa. Ich hatte kein gutes Gefühl, als ich sie so mutterseelenallein in dieses Haus gehen sah. Was, wenn an ihrer Geschichte etwas Wahres war? Gab es diese vermeintliche Schwester Mary wirklich? Und wie was hatte es mit den mysteriösen Mordversuchen auf sich? Nachdenklich schaute ich mir das Seidentuch mit dem Ring an und legte es neben mich auf den Beifahrersitz. Plötzlich hörte ich das Sirenengeheul eines Polizeiwagens. Das Auto raste heran und parkte hinter meinem Wagen. Zwei Beamte sprangen heraus und rannten in die Villa. Nervös und irritiert beobachtete ich das seltsame Treiben. Was war da nur geschehen? Ich stieg aus und sah einen dritten Beamten, der noch im Wagen saß. Ich klopfte an die Autoscheibe und fragte den Polizisten, was geschehen sei. Der antwortete mir, dass jemand tot im Zimmer aufgefunden sei. Es handelte sich um eine alte Dame. Ich konnte nicht glauben, was ich da hörte. Sollte es sich vielleicht, aber das war ja nicht möglich, ich hatte sie doch gerade erst hier abgeliefert. Doch es war genauso, die Tote war Mrs. Smith! Die Polizei wurde von einer Schwester Mary gerufen, die in dieser Nacht Dienst hatte. Als Mrs. Smiths Leiche aus dem Gebäude getragen wurde, standen mir die Tränen in den Augen. Es hieß, dass sie erdrosselt wurde. Doch womit, wusste man nicht. Da fiel mir das Seidentuch ein, welches mir Mrs. Smith gegeben hatte. Und obwohl der Gedanke mehr als absurd erschien, gab ich den Beamten dieses Tuch. Es stellte sich heraus, dass es sich um Schwester Marys Tuch handelte, denn bei dem Ring, der in das Tuch eingenäht war, handelte es sich um ihren Ehering. Außerdem hatte Schwester Mary diverse Verletzungen an ihren Händen, die sie sich zuzog, als sie das Tuch voller Hass kraftvoll um Mrs. Smith Hals zusammenzog. Winzige Blutpartikel, die man in dem Tuch fand, lieferten den letzten Beweis ihrer Schuld. Doch damit war die Geschichte noch nicht zu Ende. Erst war es mir gar nicht aufgefallen, aber auf der hinteren Sitzbank meines Fahrzeuges fand ich Mrs. Smiths Handtasche. Mir war vollkommen schleierhaft, wie diese Tasche auf die hinteren Sitze gekommen war. Als ich die Tasche öffnete, entdeckte ich mehrere Bündel Dollarnoten. Darunter befand sich ein Brief. Ich öffnete ihn nicht, brachte die Handtasche zur Polizei. Dort öffnete man den Brief und ich fiel beinahe in Ohnmacht, als mir dessen Inhalt vorgelesen wurde: „Dieses Geld ist für meinen Enkel. Es ist mein gesamtes Vermögen, welches ich vor Schwester Mary gerade noch rechtzeitig in Sicherheit bringen konnte." Dann wurde mein Name genannt und ich spürte, wie mir der Atem stockte. Das gesamte Geld war tatsächlich für mich bestimmt. Mir blieb nichts anderes übrig als es anzunehmen. Und nun begriff ich, dass es tatsächlich meine Großmutter war, die ich nie kennen gelernt hatte. Die bei Mrs. Smith gefundenen Unterlagen bewiesen das eindeutig. Dass sie ganz in meiner Nähe lebte, konnte ich nicht einmal erahnen, denn es gab keinerlei Kontakt zu ihr. Es musste erst zu dieser nächtlichen Begebenheit kommen, dass ich sie endlich kennen lernen konnte. Von dem Geld wollte ich ihr eine schöne Grabstelle kaufen und ihr Andenken in Ehren halten, in dem ich das altehrwürdige Seniorenstift finanziell unterstützte. Dennoch gab es eine winzige Kleinigkeit, die ich später von einem der Polizisten zufällig erfuhr. Als ich Mrs. Smith, also meine Großmutter, vor der Villa ab-

gesetzt hatte, war sie in Wahrheit schon fünf
Stunden tot ...

Hampton Drive

Es war ein verregneter Sonntagabend, als Vicky sich aufmachte, um in die Vergangenheit abzutauchen. Sie wollte in die alte Blues-Bar am Hampton Drive. Sie wusste nicht, ob es diese alte Bar, in welcher sie sich vor fünfzig Jahren mit ihrem nunmehr verstorbenen Ehemann Keith so oft aufhielt, überhaupt noch gab. Und obwohl sie sich selbst auch nicht mehr so wohl fühlte, starke Herzprobleme hatte, wollte sie sich einfach noch einmal auf den Weg dorthin machen. Sie wollte nicht sterben, ohne diese alte Bar noch einmal gesehen zu haben. So zog sie sich ihre dicke Jacke über und nahm den dunklen Regenschirm. Dann verließ sie ihre winzige Wohnung. Irgendein sonderbares Gefühl, welches sie einfach nicht mehr loslassen wollte, schlich durch ihre Seele und ließ ihr Herz ganz ruhig schlagen. Entspannt lief sie die breite Straße entlang und wollte auch kein Taxi nehmen. Sie wollte diesen Abend noch einmal so richtig genießen, die schwere, neblige Luft in sich aufnehmen, wie sie es selten getan hatte. Die vielen Autos, die durch die Regenpfützen patschten, die vielen Menschen, die irgendeinem Ziel entgegen hetzten, all das interessierte sie an diesem Abend nicht. Sie spürte einen undefinierbaren Hauch von neuem Leben in sich, obwohl sie schon vierundsiebzig war. Nein, es kam nicht auf das Alter an, wenn man etwas unbedingt wollte. Es ging doch nur um das Leben, um nichts anderes. Und schließlich bog sie in die kleine Seitenstraße ein, und schlagartig verschwanden der Trubel und das Treiben, welches sie eben noch begleitet hatte. Es wurde immer dunkler, denn Straßenlaternen gab es in dieser Straße kaum. Und schließlich sah sie es, das alte verfallene Haus, die alte Blues-Bar.

Der Eingang war verschlossen und sie musste sich einen anderen Zugang suchen. Sie lief um das Gebäude und fand einen niedrigen Hintereingang. Die Tür war schon herausgebrochen und überall lagen Müll und Glasscherben herum. Eine Menge Wasser hatte sich in einem Loch vor dem Eingang angesammelt und sie musste regelrecht ins Innere des Hauses springen, um trocken hinein zu gelangen. Dabei musste sie grinsen, es war genauso wie damals, als man sie nicht herein lassen wollte. Sie mussten durch ein Fenster klettern und manchmal gelang das nicht so recht und die ohnehin nicht mehr moderne Abendgarderobe war hin. Dennoch war es aufregend und spannend. Langsam lief sie einige Stufen nach oben und stand alsbald in einem großen leeren Saal. Glücklicherweise stand eine Straßenlaterne vor einem der Fenster und verbreitete ein wenig Licht. So konnte sie wenigstens sehen, wo sie hintrat. Dennoch war es sehr bedrückend. Alles sah irgendwie anders aus als damals. So tot und ohne Leben. Es war schmutzig und überall lagen Müll und Glasscherben wie schon hinterm Haus herum. Am Fenster entdeckte sie einen Stuhl. Dessen Beine waren schon ziemlich verbogen, doch sie lief zielgerichtet dorthin und setzte sich. Und plötzlich, wie aus dem Nichts tauchten die Erinnerungen an die Zeit auf, als sie mit ihrem Keith in dieser Bar war. Sie stöhnte leise vor sich hin und dachte daran, wie sie Keith einst in dieser Bar kennen gelernt hatte. Es war wirklich eine wundervolle Zeit. Plötzlich knackte es und gleißend helles Licht durchflutete den leeren Saal. Und auf einmal ertönte Musik. Es war die gleiche Musik, zu der sie damals tanzten. Und durch die breite Tür kamen Leute in diverser Abendgarderobe herein. Sie begannen, zu dieser faszinierenden Musik zu tanzen. Wie in Vickys Träumen drehten sie sich im Tanze und Vicky spürte eine unsagbare Lust, sich ebenfalls im Tanz zu drehen. Doch ihr fehlte der passende Partner. Ein Kellner erschien und brachte eine Flasche Schampus mit zwei Gläsern. Vicky wunderte sich, denn sie hatte weder Schampus bestellt, noch konnte sich auch erklären, wieso ausgerechnet zwei Gläser gebracht wurden. Der Kellner lächelte so merkwürdig und stellte die Flasche und die beiden Kristallgläser auf den Tisch, der eben noch gar nicht da war. Vicky war plötzlich ganz aufgeregt und wusste nicht, was da noch geschehen würde. Doch da drehten sich die bunten Scheinwerfer zum Eingang und ein Mann in einem schwarzen Frack betrat die Tanzfläche. Vicky konnte es nicht fassen, Tränen schossen ihr in die Augen, vor ihr stand Keith, ihr geliebter Ehemann.

Aber wie konnte das nur möglich sein? Er war doch schon lange tot. Sie wollte sich darüber aber nicht den Kopf zerbrechen, wollte diesen faszinierenden Abend genießen und wollte bei Keith sein. Sie spürte diese Liebe, die sie schon so oft in den letzten Tagen gespürt hatte. Keith verneigte sich vor ihr und bat um den ersten Tanz. Die Musik begann von neuem aufzuspielen und Vicky erhob sich von ihrem Stuhl. Sie ließ sich auf die Tanzfläche führen, wo schon die anderen Paare warteten und Beifall klatschten, als Vicky mit ihrem Keith zwischen ihnen erschienen. Dann begannen alle, sich im Tanz zu drehen. Ach war das schön, Vicky konnte sich so richtig fallen lassen. Sie spürte diese Leichtigkeit und diese Schönheit des Augenblicks. So wunderbar und so federleicht hatte sie sich seit Jahren nicht mehr gefühlt. Und Keith hielt sie sicher und fest in seinen Armen. Ja, es war genau so wie damals. Die bunten Scheinwerfer und diese parfumgeschwängerte Luft – es war so wunderschön, dass Vicky nicht mehr aufhören wollte zu träumen. In dieser kleinen Bar am Rande aller Zeiten konnte sie für diesen Augenblick, für diesen einen Abend endlich wieder glücklich sein. Und als sie sich mit Keith im Tanze drehte bemerkte sie nicht, wie sich eine Nebelwolke unter ihren Füßen ausbreitete. Die anwesenden Paare schienen es ebenfalls nicht zu bemerken. Und Vicky und Keith tanzten und tanzten. Sie waren einfach nur glücklich. Doch die Nebelwolke hüllte sie vollständig ein. Dann verschwand die märchenhafte

Szene und nahm alles mit, was da war. Zurück blieb nur dieser leere Tanzsaal, der dunkel und schweigend vor sich hin träumte. Von den Paaren, von Keith und auch von Vicky war nichts mehr geblieben. Wo sie nur hingeflogen sein mochten? Niemand wusste es und niemand hatte sie gesehen. Nur manchmal, wenn es Abend war, konnte so mancher in der großen Stadt eine sonderbare Melodie hören. Und wenn man ganz genau hinschaute, dann sah man sie, die Nebelwolke, in welcher Vicky und Keith tanzten. Es war eigentlich nie anders und es war so wunderschön, dort in der kleinen Blues-Bar am Hampton Drive …

Spuk in Beverly Hills

Es war nicht allein die Tatsache, dass man in der Auffahrt des herrschaftlichen Hauses in Beverly Hills die Leiche der Millionärswitwe Shila Crawford gefunden hatte, und dass sich ein Inspektor, der für parapsychologische Fälle zuständig war, dieser Sache annahm. Vielmehr war es der Umstand, dass sich die Leiche vor den Augen des Inspektors in ein eisernes, schwarzes Kreuz verwandelte und sich nicht bergen ließ. Inspektor Blain war sich sicher, dass es sich um einen alten Fluch handeln musste. Denn er kannte so etwas aus vergleichbaren Fällen, bei denen durchaus solcherlei Verwandlungen stattfanden. Allerdings gestaltete es sich mehr als schwierig, das Kreuz aus der Auffahrt zu schneiden. Als man es schließlich endlich aus dem Boden reißen konnte, ertönte ein gellender Schrei, der gespenstisch durch die vornehme Allee hallte. Der Inspektor und sein kleines Team konnten mit alledem nichts anfangen. Als Blain jedoch das fürstliche Gebäude betrat, wusste er nicht, wie er das Ganze noch verstehen sollte. Denn das Haus war leer. Nicht ein Möbelstück befand sich darin, nicht einmal ein Telefon, nichts. So etwas hatte Blain noch nie erlebt. Wie konnte die tote Witwe vor diesem Hause liegen, wenn sie doch gar nicht mehr dort lebte? Anwohner bestätigten, dass sie Mrs. Crawford jeden Tag am Eingang gesehen haben wollten. Aber wie konnte das sein, wenn das Haus doch völlig leer war? Welchen Sinn sollte das machen? Mrs. Crawford wurde als sehr charismatisch geschildert. Sie stand mit beiden Beinen auf der Erde und hielt angeblich nichts von übernatürlichen Phänomenen. Wie konnte sie dann in einem Haus leben, in welchem es keine Einrichtung gab? Der Inspektor hatte den Verdacht, dass es nur ihr Geist war, der in diesem Hause ein- und ausging. Ihr menschlicher Leib war längst gestorben, doch auf dem Friedhof lag er nicht. Sollte am Ende die arme Mrs. Crawford umgebracht, und ihr Leichnam anderswo entsorgt worden sein? Die Spürhunde jedenfalls fanden nichts. Dem Inspektor blieb schließlich nichts weiter übrig, als sich selbst auf die Lauer zu legen. Und das konnte er nur nachts tun, weil er wusste, dass Geister oft in der Nacht aktiv seien. An jenem regnerischen Donnerstag postierte er seinen unscheinbaren Wagen an einer dunklen Wegegabelung. Er hatte gute Sicht zu dem Gebäude und nur der Regen tropfte in gleichmäßigem Takt aufs Autodach. Blain wurde müde und hatte mächtig zu tun, sich wach zu halten. Bis Mitternacht geschah nichts und ihm fielen bereits die Augen zu. Und es war schließlich gegen Mitternacht, als er bereits an den Abbruch seiner Beobachtungen dachte. Aber er zwang sich wach zu bleiben. Vielleicht würde sich doch noch etwas tun. Gegen halb Zwei vernahm er plötzlich ein seltsames Rumoren. Es musste aus dem Inneren des Hauses kommen. Doch er hatte niemanden hinein gehen sehen. Und einen Hintereingang gab es dort nicht. Blain stieg aus dem Wagen und hatte seine Waffe im Anschlag. Vorsichtig schlich er sich unter den Bäumen an die Hauswand. Von dort beobachtete er den Eingang. Aber was war das? Da lag jemand in der Einfahrt. Wer konnte das sein? War das echt oder nur eine Finte? Wusste irgendjemand, dass er das Haus beobachtete und wollte ihm eine Falle stellen? Blain rührte sich zunächst nicht, wollte die Lage sondieren. Doch die Person lag noch immer regungslos in der Einfahrt. Und plötzlich fuhr ein eiskalter Wind über das Gelände. Blain hielt kurz inne, sollte er sein Vorhaben doch abbrechen? War es nicht viel zu gefährlich, bei diesem Wetter und mitten in der Nacht in dieser Einsamkeit den Helden zu spielen? Doch er war einfach zu neugierig und zu professionell, um seinen Job nur halb auszuführen. Er wollte alles, wollte genau wissen, was sich hinter diesem mysteriösen Fund der Leiche von Mrs. Crawford und dem schwarzen Kreuz steckte. So schlich er einfach weiter und presste sich dabei dicht an die düstere Hauswand. Als er neben der Einfahrt stand, traf ihn beinahe der Schlag. In der Einfahrt lag eine verkohlte Leiche. Er näherte sich dem Leichnam, wollte genau wissen, ob er vielleicht noch erkennen konnte, ob es ein Mann oder eine Frau war. Doch als er unmittelbar vor dem Leichnam stand, löste sich dieser in Luft auf. Anstelle des toten Körpers lag ein schwarzes Kreuz. Plötzlich ertönte ein lautes Kreischen und Blain wich entsetzt zurück.

Dutzende Fledermäuse stießen kreischend aus dem Kreuz hervor, umkreisten es panisch und flogen in den schwarzen Nachthimmel hinein. Der Inspektor hatte sich hinter einem dicken Baumstamm verborgen und nicht gewagt, hervorzutreten. Ihm war nicht wohl bei dem Gedanken, dass sich die wilden Fledermäuse möglicherweise auf ihn stürzen könnten. Denn sein Wagen parkte ein Stück weit von ihm entfernt und er konnte sich nicht so schnell in Sicherheit bringen. Doch die Fledermäuse kamen nicht mehr zurück. Nur das schwarze Kreuz lag bedrohlich in der Einfahrt. Der Inspektor schaute sich das Kreuz genauer an. In das Metall waren zwei Buchstaben einritzt, genauer, es waren Hieroglyphen. Was konnten sie bedeuten? Schließlich hatte er eine Idee. Vielleicht war das ein Hinweis auf den Friedhof. Zwar hatte man dort keine Grabstelle von Mrs. Crawford gefunden, doch vielleicht war gerade dieses schwarze Kreuz ein Hinweis darauf, dass sich ja doch etwas auf dem Friedhof befand. Blain versuchte, die Eingangstür zu öffnen. Es gelang ihm und er trat ein. Vielleicht gab es doch noch etwas Außergewöhnliches zu entdecken, was er bisher übersehen hatte. Doch das Haus war auch diesmal leer und nichts deutete auf Mrs. Crawford Anwesenheit hin. Allerdings spürte der Inspektor auch diesmal wieder diesen eiskalten Wind, der durch die Räume zog. Es wurde so eisig kalt, dass sich Eiszapfen an den Fensterkreuzen bildeten. So etwas hatte Blain noch nie erlebt. Draußen war es angenehm warm und hier drin hingen Eiszapfen. Er verließ das leere Haus und setzte sich in seinen Wagen. Als er noch einmal zum Haus schaute, sah er die vermisste Mrs. Crawford mit weit aufgerissenen Augen in der Einfahrt des Hauses stehen. Sie blickte mit ihren rot blitzenden Augen zu ihm herüber und er spürte, wie ihm eine Gänsehaut über den Rücken lief. Doch er wusste, dass es nur der Geist der alten Millionärswitwe war. Wollte sie ihm vielleicht einen Hinweis geben? Das schwarze Kreuz, die Fledermäuse die verkohlte Leiche, und nun dieses Phantom dort in der Einfahrt.

Er startete den Wagen und fuhr zum Friedhof. Er wusste nicht so genau, ob er sich dieses Abenteuer wirklich noch antun sollte. Doch mutig stieg er aus und lief ein wenig ziellos den Friedhofsweg entlang. Und hier spürte er deutlich wieder diesen eiskalten Wind, der draußen auf der Straße nicht da war. Also konnte er nur auf dem richtigen Wege sein, glaubte er. Sollte Mrs. Crawford irgendwo hier begraben liegen? Er lief von Grabstelle zu Grabstelle, wollte sich auf sein Gefühl verlassen, dass ihm vielleicht verriet, ob es eine Anomalie gäbe, eine Veränderung der Luft, der Situation oder der Grabsteine gab. Doch als er an der Grenze des Geländes angekommen war, konnte er noch immer nichts fühlen, was ihn auf die Spur von Mrs. Crawford hätte bringen können. Die Ziegelmauer, die den Friedhof eingrenzte, sah jedoch sehr merkwürdig aus. An ihr hafteten Eiskristalle und der Inspektor konnte sich das nicht erklären. Es sah ähnlich aus wie im Haus. Es fehlten nur noch die Eiszapfen. In der Anordnung der Ziegel fand er eine Unstimmigkeit. In einem Bereich von ungefähr einem halbem Meter lagen die Ziegel anders übereinander als in der übrigen Mauer. Als er daran rüttelte, fielen einige Ziegel sogar aus der Mauer. Plötzlich flogen Fledermäuse um ihn herum. Offenbar wollten sie nicht, dass er weiter in die Mauer vordrang. Doch er ließ sich nicht beirren, trug die Ziegel der Anomalie ab und leuchtete mit einer Taschenlampe in das dahinter befindliche Loch. Und dort sah er sie, die Leiche, von der er annahm, dass es die Leiche von Mrs. Crawford war. Er informierte sofort seine Kollegen von der Kripo und die Spurensicherung. Die bestätigte wenig später seinen Verdacht. Die Leiche war stark angekohlt und schien im Feuer gelegen zu haben. Doch das Merkwürdigste war, dass sie auf ein großes schwarzes Kreuz gebunden war. Im Kreuz fand man wieder die beiden Hieroglyphen. Doch diesmal konnte man sie entschlüsseln. Sie waren ein Zeichen des Satans, die Zahl 66! Auf dem Kreuz war die Zahl nicht mehr richtig zu erkennen, denn sie war längst vom Rost zerfressen. Aber wie konnte überhaupt ein Satanszeichen auf dem Kreuz sein? Und warum war Mrs. Crawford auf das Kreuz gebunden worden? Wieder einmal tappte der Inspektor im Dunkeln. Und wieder musste er ganz von vorn beginnen. Wer hatte Mrs. Crawford umgebracht? Hatte sie überhaupt jemand umgebracht?

Eine Spurensuche war faktisch nicht möglich, denn es gab ja keine weiteren Spuren. Man wusste nur von dem Kreuz und der darauf festgebundenen Mrs. Crawford. Es war wieder eine verregnete Nacht, in welcher sich der Inspektor zum Haus der Mrs. Crawford begab. Diesmal wollte er nichts beobachten, denn er wusste ja nicht so genau, was er da beobachten sollte. Er betrat das Haus und untersuchte noch einmal jedes einzelne Zimmer. Und es war wie in den bereits vergangenen Untersuchungen: nichts war zu finden. Stöhnend setzte er sich auf ein Fensterbrett und sofort umgab ihn wieder dieser eiskalte Wind. Wieder bildeten sich in Sekundenschnelle dicke Eiszapfen an den Fenstern. Plötzlich fiel ihm ein, dass ihm diese Eiszapfen vielleicht auch ein Zeichen geben könnten. Denn was zeigten sie an? Kälte! Und wo war es in diesen lauen Nächten kalt? Im Keller! Doch einen Keller hatte man nie gefunden. Offenbar gab es keinen, oder doch? Er ging noch einmal durch die Eingangshalle. Und zunächst entdeckte er nichts, dass auf einen solchen Keller hinweisen könnte. Doch dann fand er einen unscheinbaren Einbauschrank. Er öffnete ihn und konnte zunächst nichts Außergewöhnliches feststellen. Als er sich aber in den Einbauschrank stellte, um ihn von innen an allen Seiten abzuklopfen, bemerkte er tatsächlich eine hohle Stelle. Dahinter musste sich irgendetwas befinden, vielleicht ein Keller? Blain wusste nicht genau, ob er die Rückwand eintreten sollte oder doch lieber bis zum nächsten Tage warten sollte. Irgendein Gefühl, das er sich nicht erklären konnte, trieb ihn jedoch dazu, die Rückwand einzutreten. Diese gab sofort nach und splitterte auf. Dahinter befand sich eine schmale Wendeltreppe. Die Kälte, die dem Inspektor an dieser Stelle entgegenschlug, war wesentlich stärker als jene, die ihn im Hause umgab. Mit seiner Taschenlampe bewaffnet schlich er die enge Treppe nach unten. Als er schließlich in dem modrigen, muffig riechenden Raum stand, fing der helle Lichtkegel seiner Taschenlampe mehrere Erdhaufen auf dem Boden ein. Unzählige Fledermäuse hingen an den Wänden und einige flogen, aufgeschreckt vom plötzlichen Licht, kreischend durch den Raum. Blain wusste sofort, was das zu bedeuten hatte. Offenbar befand er sich auf einem Friedhof! Mit seiner Hand kehrte er die Erde auf einem der Haufen ein wenig beiseite. Da ragte ihm eine skelettierte Hand entgegen. Sofort rief er seine Kriminalkollegen. Und schon nach einer Stunde hatte man insgesamt acht Erdhügel abgetragen. Darunter befanden sich die Knochenreste von toten Menschen. Es handelte sich um Personen, die in den letzten dreißig Jahren als „Vermisst" gemeldet- und nie gefunden wurden. Als man die Gebeine der Toten ausgegraben hatte, legte sich der eiskalte Wind und die Fledermäuse verschwanden im Nichts. Der Inspektor begab sich wieder nach oben. Einer der Eiszapfen, der am Fensterkreuz hing, war bereits herabgefallen und hatte die Heizungsabdeckung darunter stark beschädigt.

Blain schaute nach und entdeckte ein altes Buch, welches jemand dort versteckt haben musste. Es war von Schmutz und Spinnweben umhüllt. Blain entfernte den Schmutz und schlug das Buch auf. Es handelte sich um ein Tagebuch. Es gehörte dem alten Millionär und Eigentümer des Hauses, Mr. Crawford. In seinem Tagebuch entdeckte man schließlich die Lösung des Falles. Demnach war Mrs. Crawford einst aus Rumänien in die USA eingereist. Ihre Vorfahren waren Verwandte des berüchtigten Vampirs Graf Dracula. Mr. Crawford hatte sich schließlich in die einst schöne Frau verliebt. Sie heirateten und bekamen drei Kinder. Doch irgendwann wurde Mrs. Crawford von ihrer familiären Vergangenheit eingeholt. Sie musste töten! Sie brauchte das Blut von Menschen. Und sie bemächtigte sich schließlich zunächst des Blutes ihrer drei Kinder, die sie später im Keller begrub. Die Familie hatte Geschäftsfreunde, die immer wieder zu Besuch zu den Crawford kamen. Mrs. Crawford lockte einen nach dem anderen in den Keller, wo sie sich schließlich auf ihre Opfer stürzte, um deren Blut zu trinken. Irgendwann kam ihr Ehemann hinter das grausige Geheimnis seiner Frau. Er stellte sie zur Rede und sie verstrickte sich in Widersprüche. Er schlich sich in sein Zimmer und wollte von dort die Polizei rufen.

Die Eintragung im Tagebuch endete mit dem Satz: Oh Gott, sie hat mich entdeckt. Sie kommt gleich ins Zimmer und ich kann nur noch beten, dass sie mich nicht auch noch tötet! Mit diesen furchtbaren Worten endeten die Eintragungen. In seiner Panik musste er das Tagebuch hinter der Heizungsverkleidung versteckt haben. So konnte es weder seine blutrünstige Ehefrau finden noch später bei den Ermittlungen der Polizei entdeckt werden. Der hartnäckige Inspektor aber fand diese Spur. Sämtliche Tote wurden bestattet. Auch Mrs. Crawford, deren Seele vermutlich vom Leibhaftigen geholt wurde. Nur das schwarze Kreuz mit der Zahl 66 wurde immer wieder gesichtet. Schließlich entdeckte man in einem der Erdhügel im Keller ein zerschlissenes Schriftstück. Es war eine Urkunde, in welcher Mrs. Crawford irgendetwas unterschrieben hatte. Demnach hatte sie ihre Seele dem Teufel verschrieben und ihre Unterschrift mit ihrem eigenen Blut darunter gesetzt. Als man Mrs. Crawfords Gebeine beerdigte, sprachen später mehrere alte Damen aus der Stadt, man habe in den Tagen nach der Beerdigung eine in schwarze Gewänder gehüllte Frau über den Friedhof wandeln sehen. Und über ihr flogen unzählige von Fledermäusen. Ein schwarz gekleideter Mann habe sie schließlich dort abgeholt. Die beiden seien in einem feuerspeienden Erdloch verschwunden und nie wieder zurückgekehrt. Und als man daraufhin das Grab der Mrs. Crawford exhumierte, erstarrte man vor Schreck. Denn der Sarg war leer …

Highway-Motel

Es war eine endlos lange Reise, die Lisa an jenem verregneten Sonntagabend hinter sich hatte. Stundenlang war sie bereits auf dem Highway unterwegs und so langsam zog die Müdigkeit durch ihre traurige Seele. Sie hörte immer nur diesen einen Song: Feelings, und die Tränen verwischen den Mittelstreifen auf der breiten Fahrbahn. Steve war einfach davon gefahren. Warum nur dieser sinnlose Streit, und warum war er nicht zu ihr zurückgekehrt? Wollten sie nicht ewig…? Sie konnte einfach nicht mehr weiter denken. Und sie wollte es auch nicht. Sie waren beide noch so jung und nichts sollte so schön bleiben, wie es angefangen hatte. Und nun fuhr sie diesen endlosen Weg zurück nach San Diego und wollte es doch überhaupt nicht. Irgendwann wurde es dunkel und sie wollte sich ein Motel suchen, um dort die Nacht zu verbringen. Zu müde und zu abgespannt fühlte sie sich nach diesem anstrengenden und so verlustreichen Tag. Sie sah den Mond, der wie ein Geist hell und geheimnisvoll in dieser unendlichen Dunkelheit über der Straße thronte. Sie fuhr die nächste Abfahrt raus und landete auf einer holprigen Straße, die scheinbar ins Nirgendwo führte. Langsam fuhr sie den besseren Feldweg entlang, um nach einem Motel zu suchen. Und schließlich erleuchteten die Scheinwerfer ihres Wagens das verwitterte Hinweisschild auf eine solche Herberge. Nach vier Meilen hatte sie das Motel erreicht. Düster lag es unter den niedrigen Bäumen und nichts deutete darauf hin, dass es bewohnt war. Sie stellte ihr Fahrzeug ab und ging hinein. Es war nicht sehr hell, doch gerade das war es, was sie in diesem Moment so dringend brauchte. Sie wollte nicht viel sehen und auch nichts weiter hören. Nur ihren MP3-Player hatte sie im Ohr und darin spielte ihr Lied: Feelings. Eine nette alte Dame erschien und meinte, dass noch fast alles frei sei. Sie übergab Lisa den Schlüssel für das Zimmer Nummer 7. Dabei lächelte sie so sonderbar, dass Lisa sich nicht traute, nach einem Essen zu fragen. Und immerhin hatte sie ja noch die beiden Würste, die sie im Hotel für sich und Steve gekauft hatte. Hundemüde lief sie in ihr Zimmer und staunte. Denn dort hatte man eine Flasche Sekt mit zwei Gläsern und zwei deftige Käseplatten auf den Tisch gestellt. Vermutlich war das ein Irrtum, denn Lisa hatte ja gar nicht nach einem Essen gefragt. Sie ging zurück an die kleine Rezeption, doch die alte Dame war nirgends zu sehen. Vermutlich hatte sie gerade etwas anderes zu tun und Lisa ging zurück in ihr Zimmer. Dort öffnete sie die Sektfalsche und schenkte sich das Glas voll, um es gleich darauf in einem Zug zu leeren. „Ach ja", stöhnte sie und lehnte sich zurück. Sie genoss den Sekt und hatte innerhalb weniger Minuten die halbe Flasche geleert. Die Käseplatte schmeckte ebenfalls ganz vorzüglich. So frisch gestärkt zog sie sich aus und ging unter die Dusche. Unterdessen war auch ein junger Mann im Motel eingetroffen.

Und es grenzte an einen dummen Zufall, denn auch er bekam den Zimmerschlüssel mit der Nummer 7. Als er das Zimmer betrat, vernahm er zwar das plätschernde Geräusch der Dusche. Doch er erblickte auch die halbvolle Sektflasche und die andere Käseplatte und setzte sich sofort an den kleinen Holztisch. Er leerte die Flasche und machte sich gierig über die deftige Käseplatte her. Und weil er schon ein wenig angetrunken war, entkleidete auch er sich bis auf seinen Slip und ging ins Badezimmer. Gerade wollte Lisa aus dem Bad, da fiel ihr das Handtuch auf den Boden. Sie bückte sich, um es aufzuheben, da traf sie auf den jungen Mann, dem ebenfalls gerade ein Kleidungsstück aus der Hand gerutscht war. Mit dem Rücken stießen sie zusammen und erschraken fürchterlich. Als sie sich umdrehten, bekamen sie den Schock ihres Lebens. Vor Lisa stand Steve und der schüttelte fassungslos den Kopf, als er Lisa erblickte. „Wie kommst Du denn hier her?", fragte er sie entgeistert. Und Lisa entgegnete ihm: „Na wie schon, mit dem Auto!" Und die beiden hielten es für eine Fügung, dass sie sich in dieser Nacht in diesem Motel am Rande der Zeit wieder getroffen hatten. Aller Streit und alle Wut schienen in weiter Ferne und die beiden fielen sich um den Hals, als hätten sie sich eben erst kennengelernt. Sie küssten sich und fielen schließlich verliebt ins Bett. Sie verlebten eine wunderbare Liebesnacht. Und es war, als hätte es nie einen Streit zwischen ihnen gegeben.

Kein Wort sprachen sie über die ihre heftige Auseinandersetzung, denn sie wussten plötzlich, dass sie zusammen gehörten. Keiner konnte sie mehr trennen. Es brauchte erst dieses einsame winzige Motel, weit entfernt von daheim, um das erkennen. Als sie am nächsten Morgen erwachten, konnten sie noch immer nicht voneinander lassen. Immer wieder küssten sie sich und schworen sich, so etwas Dummes niemals wieder zu tun. Sie beschlossen, sobald sie daheim ankämen, zu heiraten. Schnell packten sie ihre Reisetaschen und Steve bezahlte das Zimmer. Beim Verlassen schauten sich die beiden noch einmal um und sahen die Nummer 7, wie sie groß und wie eine göttliche Fügung an der Tür stand. Diese Zahl schien magisch für sie zu sein. Es war auch ein Siebter, an welchem sie sich einst kennen gelernt hatten. Schließlich setzten sie sich in ihre Fahrzeuge und fuhren auf den Highway zurück. Lisa fuhr hinter Steve her und beide fühlten sich so wunderbar, wie lange nicht mehr. Plötzlich bemerkte Lisa, dass sie in der Aufregung ihre Armbanduhr im Zimmer liegengelassen hatte. Sie gab Steve Lichtzeichen und die beiden fuhren nach kurzer Absprache zum Motel zurück. Dort baten sie die verwunderte ältere Dame, noch einmal in Zimmer Nummer 7 nachzusehen, ob die Uhr noch dort lag. Doch die Dame schaute sie nur misstrauisch an. Dann sagte sie: „Ein Zimmer mit der Nummer 7 habe ich gar nicht. Bei mir geht es nur bis zur Nummer Sechs. Also da müssen Sie sich irren." Lisa schaute Steve irritiert an. Doch die Dame meinte es gut und so schauten alle zusammen noch einmal nach. Es gab tatsächlich nur sechs Zimmer auf dem Gang. Doch in keinem der leer stehenden Räume fand Lisa ihre Uhr. Enttäuscht wollten die beiden wieder abfahren. Da erzählte ihnen die Dame mit düsterer Stimme von einem Unfall, der sich einst in ihrem Motel ereignet hatte. Als sie das Motel übernommen hatte, gab es tatsächlich einmal sieben Zimmer. Doch ein verheerender Brand zerstörte das gesamte Gebäude. Es stellte sich heraus, dass das Feuer in Zimmer Sieben durch einen Kurzschluss in der Elektroleitung entstand. Dabei waren zwei junge Leute ums Leben gekommen. Als man deren Armbanduhren vollkommen verkohlt im Schutt fand, zeigten sie ziemlich genau „Sieben Uhr" an. Später, als das Motel neu errichtet wurde, verzichtete man auf das siebente Zimmer. Lisa und Steve beschlich ein seltsames Gefühl, als sie diese furchtbare Geschichte hörten. Steve ergriff Lisas Hand und hielt sie ganz fest und die alte Dame verabschiedete sich von den beiden und wünschte ihnen eine gute Fahrt. Zum Abschied gab sie ihnen noch eine Ansichtskarte des Motels mit auf den Weg. Und als die beiden das Motel verließen, entdeckte Lisa plötzlich ihre Armbanduhr. Sie lag auf dem Parkplatz neben einem Stein. Sie hob die Uhr auf und kontrollierte sie, ob sie auch noch funktionierte. Doch als sie die verstaubte Uhr betrachtete, erschrak sie, denn die Uhr spielte plötzlich ein Lied: Feelings, und zeigte eine rätselhafte Zeit an: Sieben Uhr …

Sunny und das Ende der Welt 1

Gammastrahlen

Der kleine Sunny aus Hollywood wollte unbedingt Astronom werden. Doch wie es im Weltall aussah, wusste er ja nur von seinem Papa. Zugegeben, in der Schule hatte er auch sehr viel darüber gelernt, aber sonst. Der Papa hatte ihn mal mit auf die große Reise zu den Sternen genommen. Was sich aber hinter dem Sonnensystem verbarg und welche Sternensysteme es noch so gab, na ja, das wusste er ja nicht so. Doch eines Tages geschah etwas Unglaubliches. Der Papa erschien mit seiner silbernen Wolke, aber nicht nur, um seinen kleinen Sunny zu besuchen. Er hatte vielmehr eine sehr beunruhigende Nachricht, die mehr eine Warnung war. In einem weit entfernten Sternenhaufen hatte es einen ungeheuer heftigen Gammastrahlenausbruch gegeben. Dieser Lichtblitz ungeheuren Ausmaßes jagte nun ungehindert auf die Erde zu und nichts konnte ihn mehr aufhalten. Viele Menschen wussten allerdings gar nicht, dass diese Gammastrahlen gefährlicher waren als ein Asteroid, der die Erde irgendwann mal treffen könnte. Alles Leben, so wie wir es kannten, wäre nach dem Aufprall der tödlichen Gammastrahlen für immer zu Ende. Der Papa erklärte seinem Sohn, was diese Strahlung wirklich bedeutete. Sunny erschrak natürlich fürchterlich, wusste nicht, was die Menschen da tun konnten. Und irgendwie ahnte er, dass es keine Abwehr gegen diese furchtbare Strahlung gab. In weniger als drei Tagen wäre seine wunderschöne Welt und sein geliebtes Hollywood, wie auch seine Schule und die herrlichen Hollywood Hills zerstört. Nein, das durfte unter gar keinen Umständen geschehen! Und so dachte er Tag und Nacht darüber nach, was er erfinden könnte, damit diese Strahlung nicht bis zur Erde vordringen konnte. Doch es war ganz klar, dass ihm keine zündende Idee kam. Er wusste einfach zu wenig über diese Dinge und die höhere Mathematik war ihm viel zu kompliziert. Stattdessen wurde die Meldung nun auch noch in den Abendnachrichten gebracht und die Leute hatten große Angst. Sogar Mrs. Simms kam aufgeregt aus ihrem Haus, um sich bei Sunny und seiner Mami einzuquartieren. Allerdings stieß das auf nicht sehr viel Gegenliebe, denn auf diese Weise konnte die äußerst pingelige Lehrerin noch besser kontrollieren, ob ihr aberwitziger Schüler auch wirklich seine Hausaufgaben erledigte. Als dann auch noch die Meldung in den Nachrichten verkündet wurde, dass sich in der folgenden Nacht ein heftiger Sonnensturm der Erde näherte, glaubte Sunny schon, dass absolute Ende aller Zeiten sei gekommen. Doch als er nachts eigentlich in seinem Bettchen liegen sollte, saß er noch lange vorm Fenster und dachte nach. In Gedanken sah er all die vielen schönen Momente mit seiner lieben Mami und die Zeit in der Schule mit seiner Lehrerin Mrs. Simms, die er ja eigentlich auch schon ziemlich mochte. Und er sah sei-

nen Papa auf seiner silbernen Wolke dahin
schweben. Und alles sollte innerhalb der nächsten Tage für immer verloren sein? Schluchzend
schaute er auf die Straße vorm Haus und die
Bäume, die still vor sich hin träumten. Als er so
in den nachtschwarzen Himmel starrte und sich
die Tränen vom Kinn wischte, kam ihm plötzlich
eine Idee. Was wäre eigentlich, wenn der Sonnensturm einfach von der Erde abgelenkt würde
und den Gammastrahlen entgegen flog? Müsste
man da nicht einfach nur das Magnetfeld der
Erde, das ja den Sonnensturm ablenkte, ein klein
wenig verstärken? Nur wie könnte man das tun?
Das könnte doch nur gehen, wenn man genügend Energie zu den Polen schickte. Plötzlich
spürte er, wie ungeduldig er wurde. Er musste
dringend zu irgendeinem Institut, um seine Idee
dort preiszugeben. Und so zog er sich seinen
Jogginganzug über und kletterte leise aus dem
Zimmerfenster auf die Wiese hinaus. Mit seinem
Fahrrad radelte er schnellstens nach L.A. wo er
von einem Institut wusste, dass sich mit ähnli-
chen Dingen beschäftigte. Und er hatte Glück,
denn im Institut war noch jemand da. Der Professor, mit Namen Bridger hatte von solcherlei
Dingen, die Sunny da beschrieb, noch nie etwas
gehört und konnte sich auch nicht vorstellen,
dass diese verwegene Idee funktionieren würde.
Allerdings war es egal, denn in drei Tagen wären
sowieso alle tot, da könnte man es auf einen Versuch schon mal ankommen lassen. Und so bat
Professor Bridger den kleinen Sunny in sein Au-

to. Er wollte mit dem aufgeweckten Jungen an einen geheimen Ort fahren, den eigentlich nur er und einige Eingeweihte kannten. Sunny fand das alles ungeheuer spannend und die beiden fuhren los. Die Fahrt führte hinaus aus der Stadt. Als sie schließlich den Highway verließen, wurde es Sunny schon ein wenig mulmig, denn in dieser unwirklichen, unbewohnten Gegend war er noch nie. Mitten in der steinernen Wüste hielten sie an und der Professor stieg aus. Mit seinem Mobiltelefon kniete er auf dem Boden und schien irgendetwas ins Telefon einzugeben. Was Sunny dann sah, konnte er fast nicht glauben, denn vor dem Professor öffnete sich plötzlich die Erde. Schnell winkte er Sunny zu sich und die beiden bestiegen einen runden gläsernen Lift, der in die Tiefe fuhr. Sunny war sprachlos. Dass sich solch eine unterirdische Einrichtung hier draußen befand hätte er niemals gedacht. Der Lift schloss sich und das Glas um die beiden herum wurde aschgrau. Dann raste der Lift nach unten. Als sich die Tür wieder öffnete befanden sie sich in einer riesigen lichtdurchfluteten Halle. Überall standen Monitore und es piepte und ratterte, quietschte und tickte wie in einem Uhrwerk. Viele Menschen in weißen Overalls liefen kreuz und quer durch die Halle. Einige unterhielten sich angeregt und bemerkten wohl gar nicht, dass sich zwei Fremde in der Hall befanden. Doch so fremd schienen sie gar nicht zu sein. Denn zumindest der Professor schien dort sehr bekannt zu sein. Einige der Leute grüßten ihn, und dann sagte er zu Sunny: „Das hier ist unser Observatorium. Wir befassen uns nämlich auch schon lange mit dem Problem, welches uns jetzt viel zu schnell eingeholt hat, mit den Gammastrahlen. Und nun glaube ich, dass wir die Lösung gefunden haben, dank Deiner Hilfe! Die Lösung liegt tatsächlich im Magnetfeld der Erde! Wir müssen es verstärken, sodass es die Energie von der Sonne gegen die Gammastrahlen schleudern kann. Diese Idee ist so einfach wie genial. Aber wir müssen uns beeilen, denn in wenigen Minuten trifft der Sonnensturm auf das Erdmagnetfeld. Wir müssen schnellstens die Energie zu den Polen schicken!" Sunny staunte, denn mit einer solchen Antwort hatte er nun wahrlich nicht gerechnet. Also war man den Gammastrahlen schon auf den Pelz gerückt, nur leider bisher ohne Erfolg. Die Wissenschaftler, die mit dem Professor gesprochen hatten, standen nun um eine riesige metallene Kuppel herum. Der Professor zog ein unglaublich geheimnisvolles Gesicht und meinte dann: „Das ist das Herz unserer Anlage, das Kernfusionskraftwerk! Es kann genügend Energie erzeugen, um eine kleine künstliche Sonne zu erzeugen. Wir haben das schon getestet und wollten vor wenigen Tagen schon die Polkappen erwärmen. Aber nun brauchen wir genau diese Energie für das Erdmagnetfeld!" Die Wissenschaftler hielten den Atem an, durfte der Professor wirklich so viel von dem gut gehüteten Geheimnis preisgeben? Es schien wohl egal zu sein, denn jetzt musste gehandelt werden und zwar schnellstens. Über der Metallkuppel erschienen rote Leuchtziffern: 10, 9, 8. Das war der Countdown bis zum Aufprall des Sonnensturmes auf das Magnetfeld. Als es 5 zählte, drückte der Professor einen grünen Knopf. Es rauschte wie bei einem Regenguss, dann sagte der Professor, dass die Energie aus dem Kraftwerk nun auf die Polkappen gelenkt werden würde. Wenn alles gut ginge, dann würde die Kraft ausreichen, um sich mit der Energie des Sonnensturmes zu verbinden. Als die Anzeige auf NULL stand, schienen die Werte auf den Displays, die überall herumstanden, zu explodieren. Die Wissenschaftler liefen aufgeregt und nervös umher und der Professor rief laut dazwischen, dass es geklappt hat. Das Energiegemisch aus dem Sonnensturm und dem überstarken Magnetfeld der Erde reichte jetzt aus, um sich dem Gammastrahlenstrom entgegen zu stemmen! Kurze Zeit später erschienen erneut die roten Ziffern und nun wurden alle ganz still. Man hätte eine Nadel fallen lassen können, man hätte sie gehört, denn die tödlichen Gammastrahlen näherten sich der Erde. Als die Ziffern über dem Kraftwerk auf NULL standen, vibrierte plötzlich die Erde. Sunny erschrak und alle hielten den Atem an, doch Sekunden später wurde es wieder ganz ruhig. Dann fielen sich alle in die Arme, die Gammastrahlen waren besiegt und das vom Kernfusionsreaktor gestärkte Erdmagnetfeld war so stabil, dass es der tödlichen Strahlung widerstand. Die Gefahr war vorüber! Plötzlich wurde es laut in der Halle, denn auf allen Monitoren, die zu sehen waren, konnte man die laufenden TV-Sendungen verfolgen. Überall wurde von dem rätselhaften Verschwinden der tödlichen Gammastrahlen berichtet. Der Professor hatte nirgends von seinem geheimen Institut unter der Erde erzählt. Und er war auch weiterhin der Meinung, dass keiner etwas davon erfahren durfte. Nur Sunny verstand das nicht, denn diese fantastische Erfindung musste doch auch in Zukunft die Menschheit vor außerirdischen Gefahren schützen. Auch die Mehrheit der Wissenschaftler fand, dass es an der Zeit sei, diese Erfindung für immer der Menschheit zugänglich zu machen. Irgendwann ließ sich der Professor erweichen und er willigte ein, das geheime Institut der Regierung vorzustellen. Sunny war stolz, dass er der Menschheit und natürlich seiner Heimatstadt Hollywood eine solch großartige Erfindung zugänglich machen konnte. Schließlich hatte er den entscheidenden Einfall, der letztlich die Erde gerettet hatte.

Als er am darauf folgenden Tag schließlich zusammen mit dem Professor und dem Präsidenten in den Nachrichten zu sehen war, fiel Mrs. Simms beinahe in Ohnmacht. Sie konnte einfach nicht glauben, dass ausgerechnet ihr bester Schüler eine solch grandiose Idee hatte. Alle Welt staunte über das schier unfassbare Wunder und das unterirdische Institut.

Sunny und der Professor erhielten einen großen, glitzernden Orden und Mrs. Simms hatte wirklich alle Hände voll zu tun, in allen Medien zu verkünden, dass es sich bei Sunny ja um ihren allerbesten Schüler handelte. Ja, es war wirklich eine großartige Leistung, den tödlichen Gammastrahlen entgegen zu wirken, sodass sie keinen Schaden mehr anrichten konnten. Doch niemand konnte wissen, woher diese Strahlen wirklich kamen. Denn etliche Lichtjahre von Erde entfernt, im Zentrum der Galaxis, hatte sich etwas formiert, das alles, was ihm in den Weg kam, in sich verschlang wie der Schlund eines fürchterlichen Monsters. Immer öfter vernahm Sunny nachts seltsame Stimmen und gellende Schreie, die er sich nicht erklären konnte. Und immer öfter hatte er einen furchterregenden Traum, der mehr und mehr Besitz von ihm ergriff. Es war der Albtraum von einem unermesslich großen schwarzen Loch, das geradewegs Kurs auf die kleine blaue Erde nahm …

Sunny und das Ende der Welt 2

Das schwarze Loch

In Hollywood machte eine grausige Nachricht die Runde. Ein riesiges schwarzes Loch aus dem Zentrum der Galaxis hatte sich auf den Weg zur Erde gemacht und würde wohl schon in den nächsten Tagen eintreffen. Der kleine Sunny war außer sich, denn gerade erst hatte er zusammen mit einem namhaften Institut in Los Angeles eine tödliche Gammastrahlenwolke vertrieben. Und nun? Nun war Hollywood allen Ernstes schon wieder in Gefahr! Diesmal allerdings gab es wohl kein Entrinnen mehr. Denn einem schwarzen Loch mit solch unvorstellbar großen Ausmaßen und einer noch nicht so richtig erforschten Wirkungsweise hatte selbst Sunny, der immer einen Weg wusste, nichts entgegen zu setzen. Und so blieb der kleine traurige Junge an jenem Freitag einfach daheim und ging nicht in die Schule zu Mrs. Simms. Die schien es ihm nicht einmal übel zu nehmen, denn auch sie hatte große Angst vor dem Weltuntergang und wollte die Schüler an diesem Tage eher nach Hause schicken. In den Medien fühlten sich ganz plötzlich Geistheiler und Schwarzmaler auf den grausigen Plan gerufen. Sie wollten es ganz genau gewusst haben und unkten von schwarzen Teufeln, die in Kürze die Seelen der armen Menschen holen würden. Sunny wollte nichts von alledem hören; er schaute von einer Lichtung in den Hollywood Hills auf

101

seine wunderschöne Stadt herab und musste plötzlich weinen. All das, was da majestätisch vor ihm lag, was die Menschen in vielen Jahren geschaffen hatte, sollte in einer einzigen schicksalsträchtigen Sekunde in einem schwarzen bösartigen Loch zu Grunde gehen. Durfte das wirklich sein? Warum konnte es nicht weiter gehen wie bisher? Warum musste alles zu Ende gehen? Zu Tode betrübt ließ er sich auf die leicht temperierte Wiese fallen und starrte in den makellosen blauen Himmel über sich. Ach, war das schön, noch einmal so zu liegen und an die schönen Zeiten zu denken. Irgendwann am Nachmittag gesellte sich seine Mami zu ihm und wollte ihn trösten. Doch der traurige Junge war einfach nicht mehr zu beruhigen; zu sehr hing er an seiner Stadt und zu sehr liebte er alles, was sich mit dieser Stadt der Träume verband. Es war kaum zu begreifen, dass es diesmal wirklich keine Rettung mehr gab. Nicht einmal sein lieber Papa kam auf seiner Silberwolke zu den beiden und tröstete sie. Schweigend saßen sie nebeneinander im Gras und warteten auf den Abend. Als der Mond übers nachtschwarze Firmament zog, wollten sie ins Haus zurück, um dann ins Bettchen zu gehen. Da bemerkte Sunny eine Sternschnuppe, die mit einem langen leuchtenden Schweif ihre Bahn zog. Schnell schloss er seine Augen und wünschte sich etwas, bevor er seiner Mami ins Haus folgte. Hundemüde legte er sich in sein Bettchen und schaute von dort aus noch eine kleine Weile durchs offene Fenster hinaus zum Mond. Und irgendwie schien es ihm, als wollte ihm der Mond etwas sagen. Doch es blieb still und ganz langsam verschwand der Mond hinter einer Wolke. Es war eine silberne Wolke, mit der Sunnys Papa vorm Fenster seines kleinen Sohnes vorüberflog, um ihm eine gute Nacht zu wünschen. Ob er wohl von der baldigen Vernichtung durch das schwarze Loch gehört hatte? Sunny schien das egal zu sein, denn er schlief tief und fest. Da sah er im Traum eine riesige Anlage. Sie lag im Grünen unter Dutzenden von saftigen Wiesen und es war ein supermoderner, so genannter Teilchenbeschleuniger. Von so einer Anlage hatte er schon oft im Fernsehen gehört. Dort wurden winzige, unsichtbare Teilchen beschleunigt, weil man die Bedingungen kurz nach dem so genannten Urknall, der Entstehung aller Materie im All erzeugen wollte. Einige Wissenschaftler glaubten, dass winzige schwarze Löcher dabei erzeugt würden. Doch sie richteten keinen Schaden an, weil sie so klein waren. In Sunnys Traum wurde wieder solch ein Versuch gestartet. Doch bei diesem Versuch wurden so viele schwarze Löcher erzeugt, dass sie sich einfach in die Quere kamen. Sie prallten aneinander und verschlangen sich gegenseitig. Und so viele es anfänglich waren, blieben doch am Ende keine mehr übrig, weil sie sich gegenseitig vernichtet hatten. Schweißgebadet schreckte Sunny hoch. Was war das nur für ein furchtbarer Traum. Hatte er nicht schon genug Angst wegen des riesigen schwarzen Lochs, dass da in Kürze die Erde verschlingen würde? Reichte das nicht aus? Nervös wischte er sich die Schweißperlen von der Stirn und wollte weiterschlafen. Ängstlich presste er seine Augenlider zusammen, doch einschlafen konnte er nicht mehr. Plötzlich jedoch war er wie ausgewechselt und rief ganz laut: „Na klar! Das ist es! Die schwarzen Löcher fressen einfach das große böse Loch auf! Dann ist die Gefahr vorbei!" Aber ob das auch funktionieren würde? Ihm kamen arge Zweifel und er wollte sich schon wieder seinen gruseligen Albträumen hingeben. Da sah er seine Stadt vor seinem inneren Auge. Er sah, wie sie in den gierigen schwarzen Schlund des vernichtenden schwarzen Lochs gesogen wurde und für immer verschwand. Nein, das durfte niemals geschehen! Vielleicht konnte er ja doch noch etwas tun und schaden könnte es ja nicht. Alles würde richtig sein. Hauptsache, das schwarze Loch würde verschwinden. Und so sprang er aus dem Bettchen und zog sich seinen Jogginganzug über. Nur, woher sollte er wissen, wo sich ein solcher Teilchenbeschleuniger befand? Da erschien die Silberwolke seines Papas am Fenster und der Papa sprang ins Zimmer. Sunny war überglücklich, denn vielleicht wusste ja der, wo eine solche Anlage war. Die beiden fielen sich in die Arme und Sunny musste erst einmal ein bisschen weinen, weil er seinen Papa aus dem Himmel wieder bei sich hatte. Der Papa meinte, dass es in New Mexico einen Teilchenbeschleuniger gäbe und drängte zur Eile. Sunny wischte sich die Tränen aus dem Gesicht, und dann stiegen die beiden in die Silberwolke und schon flogen sie los. Es war wirklich eine lange Reise, doch schließlich entdeckten sie unter sich einen riesigen leuchtenden Ring. Ganz langsam schwenkte die Silberwolke über den Ring und landete punktgenau auf einem mit Scheinwerfern gekennzeichneten Hubschrauberlandeplatz. Die beiden verließen die Silberwolke und liefen durch ein großes, offenstehendes Tor ins Innere des Leuchtringes. Der Papa meinte, dass all das zur Anlage gehörte und unter dem Leuchtring der Teilchenbeschleuniger sei. Sunny wollte so schnell wie möglich zu den Wissenschaftlern, um die schwarzen Löcher zu erzeugen. Als die beiden den langen hell erleuchteten Gang entlangliefen, kam ihnen schon eine Horde laut miteinander diskutierender Männer entgegen. Das mussten die Wissenschaftler sein, und Sunny rief schon von weitem, dass er eine fantastische Idee hätte. Der Papa bekräftigte das noch und meinte, dass diese Idee schnellstens in die Tat umgesetzt werden müsste. Die Wissenschaftler jedoch schauten zunächst recht verständnislos und wollten erst gar nichts tun. Doch dann erklärte Sunny, dass das schwarze Loch alles in sich verschlingen würde, wenn nichts geschähe und da begriffen alle, dass es wirklich ernst war. In einer kleinen Schaltzentrale, wo sich Unmengen von Computern befanden, leiteten die Wissenschaftler sofort alles Nötige ein. Der Teilchenbeschleuniger startete und erzeugte tatsächlich viele winzige schwarze Löcher. All das konnten Sunny und sein Papa an einer großen Leinwand mitverfolgen. Über eine spezielle, bislang geheim gehaltene, und vollkommen neuartige Vorrichtung wurden diese schwarzen Löcher sofort ins All geschleudert, geradewegs dem riesigen schwarzen Loch entgegen. Und da das Ganze mit mehrfacher Lichtgeschwindigkeit geschah, konnte man in der Schaltzentrale alles mit verfolgen. Leider aber funktionierte es nicht und das schwarze Loch nahm ungehindert und noch viel schneller als eben noch geradewegs Kurs auf das Sonnensystem und auf die Erde. Die Wissenschaftler waren ratlos und Sunny wurde schon wieder sehr traurig. Der Papa versuchte, ihn zu trösten, doch das wollte nicht so recht funktionieren. Alles schien verloren, da rief einer der Wissenschaftler: „Ich hab's! Ein Loch reicht doch völlig aus! Aber warum soll es unbedingt schwarz sein? Wir werden einfach ein weißes Loch erzeugen, ein weißes Loch aus entgegengesetzter Energie!" Noch nie hatte man einen solchen Versuch gestartet und die Wissenschaftler schauten ein wenig irritiert in die Runde. Doch was sollte schon schief gehen? Einen Versuch war es in jedem Falle wert. Das bislang vollkommen unbekannte und noch nie erforschte weiße Loch, dessen Existenz noch nicht einmal nachgewiesen werden konnte, musste einfach irgendwie erzeugt werden. Vielleicht würde es entstehen, wenn man die Energieströme der Urmaterie einfach umdrehte? Aber würde sich dann nicht auch die Zeit umkehren? Egal, man musste es ausprobieren! Und so machten sich die Wissenschaftler sofort an die Arbeit. Es war allerdings eine Arbeit, die sie noch nie zuvor getan hatten. Es war bisher unentdecktes Terrain und niemand wusste, was geschehen würde, wenn man diese fremdartige Energie freilassen würde. Ein weißes Loch, konnte es so etwas überhaupt je geben? Es dauerte geschlagene drei Stunden, da hatten die Forscher so etwas wie eine Energieumkehr eingerichtet. Eigentlich dürfte das gar nicht funktionieren und eigentlich würde alle Zeit ins Gegenteil gehen, also zum Urknall zurückführen. Doch würde das wirklich so sein? Zu all den bisher verwendeten Techniken wurden auch Gesteine verwendet, die man in tiefen Kratern auf dem Mond und in Meteoriten fand, also vollkommen fremdartige Stoffe. Wie würden sie reagieren, wenn man sie mit den Teilchen beschoss? Der Versuch wurde gestartet und es rumorte wirklich äußerst Furcht einflößend. Sunny hielt sich an seinem Papa fest und der streichelte seinem mutigen Sohn beruhigend übers Haar. Das Rumoren wurde immer stärker und die Wissenschaftler wollten den Versuch schon abbrechen, da drückte Sunny ganz aus Versehen einen blinkenden roten Knopf. Sofort reagierten die Teilchen mit dem fremdartigen Gestein. Der gesamte Prozess ließ sich nun nicht mehr aufhalten und alle starrten erschrocken und wie gebannt auf die Bildschirme über der Anlage. Und wahrhaftig, eine ungeheuer große weiße Materiewolke, die sich rasch zu einer nie da gewesenen gleißend hellen Art Loch formierte, jagte nun dem bösartigen schwarzen Loch im Universum entgegen. Immer größer wurde diese Wolke und hatte alsbald Ausmaße erreicht, die das schwarze Loch im Universum an Größe weit übertraf. Die weiße Materiewolke umschloss das schwarze Loch wie eine mächtige Hand und … Die Bildschirme versagten und der Strom fiel aus. Alle hielten den Atem an. War nun alles vorüber? War nun alles verloren? Hatte das schwarze Loch die weiße Materie verschluckt? Da knackte es und der Strom war wieder da. Und das schwarze Loch, das war verschwunden. Es war einfach von dem weißen Loch gefressen worden; und nun zerfloss das weiße Loch vor den Augen der Menschen in der Schaltzentrale wie Schlagsahne im dunklen unermesslich großen Universum. Alle Gefahr schien vorüber und das einstmals gierige schwarze Loch war fort.

Es war ein lauwarmer Lichtstrahl, den der kleine Sunny auf seiner Nasenspitze spürte. Langsam öffnete er seine Augen und blinzelte verschlafen in das liebevoll lächelnde Gesicht einer Frau. Es war seine liebe Mami, die vor seinem Bettchen stand. „Los aufstehen, Du musst jetzt wirklich zur Schule!", rief sie laut, „Ich hab noch gewartet, weil Du so tief geschlafen hast!" Sunny bekam einen gehörigen Schrecken, denn in die Schule wollte er nun wirklich nicht zu spät kommen. Doch da kamen die Erinnerungen: das schwarze Loch, der Teilchenbeschleuniger, das weiße Loch, was war nur geschehen? Wo blieb sein Papa? War er wieder mit der Silberwolke verschwunden? Neugierig schaute er aus dem Fenster. Draußen schien die Sonne und es war ein richtig schöner Sommertag. Aber da war weder eine Silberwolke noch der Papa zu sehen. Nur Mrs. Simms winkte ihm aus ihrem vorüberbrausenden Wagen lachend zu. Ja, er musste schnellstens in die Schule; er hatte wohl alles nur geträumt. Am Frühstückstisch meinte die Mami, dass das schwarze Loch, welches kürzlich noch die Erde und das Sonnensystem bedrohte, nicht mehr da sei. Sie hatte es eben im Radio gehört. Sunny konnte es beinahe nicht glauben. Das schwarze Loch, einfach weg? War es am Ende doch kein Traum, dass er in der letzten Nacht erlebte? Und sollte er all das, was er da erlebt hatte, der Mami erzählen? Er wusste es nicht und druckste nervös herum. Die Mami schaltete das Radio ein und da wurde es wieder gebracht. Das schwarze Loch war nicht mehr da. Mehr noch, Wissenschaftler des Teilchenbeschleunigers aus New Mexico hatten ein vollkommen neuartiges Experiment gestartet und ein noch nie da gewesenes weißes Loch erzeugt. Dieses hatte schließlich wenig später das totbringende schwarze Loch gefressen. Alle Gefahr war vorüber und dann sagte der Sprecher: „Wie uns das Institut in New Mexico außerdem mitteilte, war ein kleiner Junge maßgebend am Forschungsergebnis beteiligt. Er hatte die entscheidende Idee und ihm gilt unser ganz besonderer Dank. Alles Gute Dir, fremden Junge!" Sunny blieb der Bissen im Halse stecken. Und als er laut hustend zum Fenster hinausschaute, sah er die Silberwolke seines Papas am Himmel vorüberziehen. Aus der Ferne sah er, wie der Papa ihm lächelnd zuwinkte, und dann sagte die Mami leise: „Das hast Du wirklich gut gemacht, mein tapferer Sohn. Brauchst nichts zu sagen, ich habe alles im Traum mitverfolgen können …"

Sunny und die dunkle Macht 1

Der kleine Sunny aus Hollywood fand es überhaupt nicht gut, dass seine Mami immer wieder so lange in ihrer Agentur in Los Angeles blieb. Sie hatte stets sehr viel zu tun und gerade in der letzten Zeit kam sie immer später nach Hause. Und gerade an jenem Tag, als Sunny sie so dringend brauchte, musste er sich allein mit seinen Hausaufgaben herumschlagen. Die Zeit verging und es wurde Abend. Doch von seiner Mami fehlte noch immer jede Spur. Was konnte da nur geschehen sein? Sunny spürte, dass irgendetwas nicht stimmte. Als es schließlich Sturm klingelte und Mrs. Simms aufgeregt vor der Tür stand, ahnte Sunny schon, dass etwas passiert sein musste. Mrs. Simms keuchte wie eine Dampfmaschine, so schnell war sie gerannt. Mit letzter Kraft brachte sie noch ein: „Wir müssen dringend nach L.A. fahren! Im Bürogebäude in L.A. ist ein Brand ausgebrochen!" Sunny zitterte am ganzen Leibe, hatte seine Lehrerin das wirklich ernst gemeint? Aber warum sollte sie sich ausgerechnet mit einer solch schlimmen Nachricht einen Scherz erlauben? In Windeseile hatte er sich angezogen und schon ging es los! Mrs. Simms drückte ordentlich auf das Gaspedal und schon nach kurzer Zeit waren die beiden in L.A. Das Hochhaus, in welchem die Mami arbeitete, stand lichterloh in Flammen. Besonders aus den oberen Etagen, da, wo auch die Mami arbeitete, schlugen die Flammen am höchsten aus den

Fenstern. Sunny war total verzweifelt und die vielen Feuerwehrautos, die sich um das Gebäude postiert hatten, ließen einen regelrechten Wasserfall auf das brennende Haus herniederprasseln. Doch nichts half, stattdessen züngelten die Flammen höher und höher. Plötzlich erblickte Sunny eine silberne Nebelwolke. Das konnte nur sein lieber Papa sein. Es war ja auch völlig klar, dass ihn sein Papa in dieser schweren Stunde nicht allein ließ. Die Silberwolke umkreiste mehrmals das brennenden Haus und Sunny hörte eine Stimme im Ohr, die da sagte: „Na wie ist es, soll ich Dir helfen?" Sunny wusste nicht so genau, weshalb der Papa erst fragte. Natürlich sollte er helfen, und zwar sofort! Allerdings, warum zeigte sich der Papa nicht? Sunny kratzte sich hinterm Ohr und rief dann: „Ja, Du musst mir helfen. Mache, dass das Haus nicht abbrennt und alle Menschen wohlbehalten aus dem Gebäude kommen!" Die Stimme antwortete sofort: „Ja, ich werde Dir helfen. Allerdings musst Du dann auch mit mir gehen. Versprichst Du mir das?" Sunny, der in diesem Moment zu allem entschlossen war, willigte natürlich sofort ein und die Stimme raunte: „So sei es!"

Augenblicklich zischte es und eine dicke schwarze Regenwolke, die urplötzlich über dem Haus hing, entleerte ihre unglaubliche Wassermenge über dem Feuer. Die Flammen erstickten sofort, denn solch einer enormen Wasserflut konnte wohl nicht einmal das größte Feuer widerstehen. Sunny sprang vor Freude in die Luft und als seine Mami dann auch noch mit den anderen Leuten aus dem Haus kam, war er nicht mehr aufzuhalten. Weinend vor Glück rannte er in die Arme seiner Mami und drückte sie ganz fest. Die Mami war froh, dass nichts Schlimmeres geschehen war und alle Menschen aus dem Haus gerettet werden konnten. Niemandem war etwas geschehen und das war wohl einzig und allein Sunnys Papa in der Silberwolke zu verdanken. Doch als der kleine Junge nach der silbernen Wolke und nach seinem Papa suchte, war der nicht mehr da. Dutzende Menschen umarmten ihre geretteten Angehörigen und Sunny wollte von seiner Mami wissen, wie es zu diesem furchtbaren Feuer gekommen war. Die Mami wusste es nicht so genau, sprach von einer dunklen Gewitterwolke, die ganz plötzlich überm Hause stand. Heftige Blitze zuckten daraufhin auf das Gebäude nieder und setzten es schließlich in Brand. Sunny atmete auf, dass der Papa gerade noch rechtzeitig zur Stelle war und alle Menschen, auch seine Mami gerettet hatte. Doch da vernahm er wieder diese seltsame Stimme und erst jetzt bemerkte er, dass es eigentlich gar nicht die Stimme seines lieben Papas war, die da zu ihm sprach. Sie sagte: „Das Feuer ist gelöscht und nun komme mit mir, wie Du es versprochen hast. Du bist es mir schuldig!" Sunny hatte große Angst und wollte eigentlich nicht mitgehen, doch er musste es wohl tun, denn er stand ja stets zu seinem Wort. Allerdings verstand er nicht, dass es nicht sein Papa war, der zu ihm sprach. Und er wusste auch nicht, ob er seiner Mami davon erzählen sollte. Die würde ihm vielleicht gar nicht glauben. Oder vielleicht doch? Jedenfalls schaute sie ganz sonderbar. Sunny wusste gar nicht, wie er es der Mami beibringen sollte, denn sie wollte schnellstens nach Hause. Mrs. Simms erklärte sich bereit, alle nach Hause zu bringen und schon saßen alle drei in ihrem Wagen. Und weil es auch keinen bösen Zauber gab, der Sunny von seiner Mami wegriss, glaubte der, dass alles nun in Ordnung sei. Doch die Stimme in seinem Ohr ließ ihm einfach keine Ruhe mehr. Andauernd meldete sie sich und wollte, dass er sofort mit ihr käme. Die Mami wunderte sich, dass ihr kleiner Sohn so nervös und unruhig war. Doch Sunny schwieg und erzählte nichts von der Silberwolke und seinem Versprechen, mit der fremden Stimme mitzugehen. Er wusste, dass sich die Mami viel zu viele Sorgen machen würde. Daheim angekommen fielen sich die drei noch einmal in die Arme. Mrs. Simms war erleichtert, dass ihrer besten Nachbarin nichts Schlimmes geschehen war. Sie wollte sich noch eine Weile mit der Mami unterhalten, doch die war sehr müde und erledigt. Sie wollte sofort ins Bett und erst einmal schlafen. Sunny allerdings hatte Angst, von der unbekannten Macht, von der fremden Stimme geholt zu werden. Er wollte nur noch in sein Zimmer, um sich dort zu verbarrikadieren. Doch als er schließlich in seinem Bettchen lag, sich die Decke bis über die Ohren gezogen hatte, hörte er wieder diese Stimme. Sie hörte sich gar nicht mehr so verträglich an wie eben noch. Sie schien empört und voller Wut zu sein: „Du hast mich betrogen!", schrie sie, „Um Mitternacht werde ich Dich holen, ob Du nun willst oder nicht! Und dann gehörst Du mir, für immer und ewig!"

Sunny musste weinen, er wollte doch nur seiner Mami helfen, als er dieser Stimme dieses verhängnisvolle Versprechen gab. Er wollte aber auch bei seiner Mami bleiben und nie weggehen von ihr. Was konnte er nur tun?

Sunny und die dunkle Macht 2

Der kleine Sunny aus Hollywood sollte für seine mutige Tat, so schnell Rettung für das brennende Hochhaus geholt zu haben, geehrt werden. Und obwohl der vermeintliche Retter andauernd betonte, dass er eigentlich gar nicht so sehr daran beteiligt war, glaubte ihm das keiner. Immerhin war der Anruf eines kleinen Jungen aus Hollywood aufgezeichnet worden und seltsamerweise gehörte die Telefonnummer zu Sunny. Der allerdings wusste, wie es wirklich war. Nur dem so schnell hernieder gehenden Regen nie da gewesener Heftigkeit war es zu verdanken, dass nichts Schlimmeres geschehen sei. An die Gewitterwolke, die den Regen in sich trug, glaubte niemand. Und so wurde kurze Zeit später in einem anderen Hochhaus eine neue Agentur eröffnet und die Mami konnte endlich wieder zur Arbeit gehen. Und obwohl Sunny die seltsame böse Stimme seit jener verhängnisvollen Brandnacht nie wieder gehört hatte, schien er doch noch immer Angst zu haben, sie käme erneut zu ihm zurück. Am Tag von Sunnys Ehrung erschienen viele Fotografen, die jene Feierlichkeit in Wort und Bild festhalten wollten. Los Angeles hatte seinen Star und das musste gefeiert werden! Und es war vollkommen klar, dass die echte Silberwolke mit dem Papa in der Nacht vor der Feierlichkeit vor Sunnys Zimmerfenster eintraf. Der Papa streichelte seinen kleinen Sohn übers Haar und der erzählte, wie eine sonderbare Silberwolke vom Himmel schwebte und den Brand in Mamis Agentur löschte. Der Papa hörte sich alles sehr interessiert an und wurde doch ziemlich ernst dabei. Dann sagte er mit besorgter Stimme: „Ich wusste nicht, dass es gebrannt hatte. Aber ich konnte nicht bei Mami sein, als es geschah. Die Silberwolke, die Du gesehen hast, kann nur die dunkle Macht gewesen sein. Sie ist sehr gefährlich und kann den Menschen großen Schaden zufügen, auch Dir." Sunny wusste nicht so genau, was er dazu sagen sollte. Natürlich hatte er noch immer große Angst vor dieser fremden Stimme. Und wenn diese Stimme eine solch bösartige Macht sein sollte, dann musste er wirklich auf der Hut sein. Plötzlich drang ein dumpfes Dröhnen an seine Ohren. Der Papa schien das auch gehört zu haben und er wies seinen kleinen Sohn an, sofort zu ihm in die Silberwolke zu kommen. Kaum war Sunny zusammen mit dem Papa in der Silberwolke verschwunden, erschien eine andere silbern scheinende Wolke am Himmel. Rasch kam sie näher und schwebte schließlich unheilvoll und schweigend neben der des Papas. Der Papa meinte, dass sie sich nun ganz still verhalten müssten, denn die dunkle Macht wollte ja schließlich Sunny holen. Die beiden verhielten sich mucksmäuschenstill und das schien die dunkle Macht sehr zu irritieren. Die Wolke, mit der sie zur Erde gekommen war, wurde immer dunkler und dunkler. Und schließlich waberte neben der friedlichen Silberwolke des Papas eine schwarze, nur von Blitzen erhellte Gewitterwolke, wie sie auch schon über Mamis Agentur kurz vor Ausbruch des Feuers schwebte. Sunny erschrak sich natürlich fürchterlich und nun wusste er auch, wer das verheerende Feuer wirklich gelegt hatte. Es war nämlich gar kein gewöhnlicher Blitzschlag, sondern die bösartige dunkle Macht, die an jenem Abend auf der Hatz nach menschlichen Seelen war. Sunny wollte etwas sagen, doch der Papa zischte nur: „Psst! Nichts sagen. Das könnte die dunkle Macht hören und dann weiß sie, wo wir sind. Wenn wir nichts sagen und keinen Kontakt mit ihr wollen, dann ist sie machtlos und kann nichts Böses tun." Sunny sah das ein und hielt seinen Mund. Die dunkle Macht hingegen schnaubte vor Wut. Ein merkwürdiges vielarmiges Monster, welches so furchterregend war wie der Brand im Hochhaus, kroch aus der schwarzen Wolke hervor. Es zischte und fauchte und aus seinen Nüstern trat gelber Schwefeldampf empor. Es roch nach chemischen Abgasen und nach giftigem Rauch. Sunny hatte große Angst, doch sein Papa raunte: „Hab keine Angst mein Sohn. Die dunkle Macht zeigt nur, wie sie wirklich ist. Sie verliert gerade ihr Gesicht und zeigt uns, was sie wirklich von uns will. Wir aber sind stärker, denn wir haben uns lieb und lassen das Böse nicht an uns heran." Während die Greifarme um Papas Silberwolke herumfuchtelten und der Schwefeldampf aus dem gierigen totbringenden Schlund des Monsters hervortrat, fauchte es: „Jetzt komme ich und hole Dich! Du gehörst mir!" Sunny zitterte am ganzen Leibe, doch der Papa lächelte ihn aufmunternd an. Da fiel Sunny etwas ein. Mutig zog er einen kleinen silbernen Hollywoodstern aus seiner Hosentasche hervor und hielt ihn der dunklen Macht entgegen. Die schien eine Sekunde zu zögern und fuhr zurück. Und als der Papa dann auch noch ein silbernes funkelndes Kreuz aus seiner Jackentasche holte und es der dunklen Macht entgegenstreckte, gab es ein fürchterliches Getöse. Die Erde unter den beiden magischen Wolken öffnete sich ein Spalt weit und gelber Schwefeldampf stob empor. Die dunkle Macht zischte und tobte, doch Sunny und sein Papa lächelten nur siegesgewiss und ließen sich nicht einschüchtern. Da vibrierte die schwarze Gewitterwolke und unzählige Blitze zuckten aus ihr heraus. Es war beinahe so, als wollte sie noch einmal zeigen wie mächtig sie angeblich war. Doch es nutzte nichts mehr. Magisch wurde sie in die Erdspalte gezogen und verschwand schließlich, während sich der Spalt über ihr wieder fest verschloss. Der Papa wartete noch eine Minute, dann sagte er leise: „Es ist überstanden. Die dunkle Macht ist besiegt. Sie hätte Dich ohnehin nie holen können, denn sie war es, die das Haus in Brand gesetzt hatte. Sie wollte Dich nur einschüchtern und Dir weismachen, dass Du ja tief in ihrer Schuld stehst." Sunny verstand das und war froh, dass die dunkle Macht nun für immer verschwunden war. Und er freute sich schon sehr auf die Feierlichkeit am nächsten Tage.

Dann wollte er nämlich sagen, dass all das seinem lieben Papa zu verdanken sei. Der Papa allerdings wollte das nicht, immerhin hatte ihn ja keiner sehen können, als er auf Erden war.

Tja, und was gibt es da noch zu erzählen? Nur so viel: am nächsten Tage hatte Mrs. Simms alles Erdenkliche aufgeboten, nur, um ihren besten Schüler, oder besser gesagt sich selbst ins rechte Licht zu setzen. Dutzende Journalisten waren anwesend, um über die Ehrung des mutigen Schülers zu berichten. Natürlich wusste die schlaue Lehrerin, dass sie eine ordentliche Spende für ihre Schule von der Regierung erhalten würde. Dabei hatte Sunny ja nur um ein ganz einfaches Wunder gebeten, damit seine Mami und all die anderen Menschen aus dem brennenden Haus gerettet werden konnten. Was sich wirklich ereignet hatte, musste ja keiner wissen. Und es war ja auch so wie ein Wunder. Die Liebe hatte über das Böse gesiegt. Und solch ein faszinierendes Wunder konnte es bekanntlich nur in einer wundersamen Stadt wie Hollywood geben, oder?

Sunny: California im Blick

Irgendetwas klapperte geduldig am Fenster des kleinen Sunny aus Hollywood. Neugierig öffnete Sunny das Fenster, um nachzuschauen. Es war ein kleines Fähnchen, welches da im Wind hin und her flatterte. Sunny wunderte sich, denn wie kam ein solches Fähnchen ausgerechnet an sein Fenster? Er wollte es gerade in den Garten werfen, da bemerkte er, dass es die kalifornische Flagge war. Die Flagge mit dem Grizzlybären und dem Stern! Neugierig betrachtete er das kleine Fähnchen und legte es schließlich auf den Nachttisch neben seinem Bettchen. Irgendwie fühlte er sich ein wenig stolz, dass dieses Symbol seiner Heimat gerade an seinem Fenster hing. Vielleicht war es ja nur der Wind, der ihm das Fähnchen ans Fenster gehangen hatte. Dennoch hatte er eine Idee. Er bohrte ein winziges Loch in das kleine Fähnchen, steckte einen schwarzen Bindfaden hindurch und hing es sich wie eine Kette um den Hals. Und genau in diesem Augenblick fühlte er sich so wunderbar und stark, wie selten in seinem Leben. Er wusste, dass ihm mit der Flagge seiner wunderschönen Heimat nichts geschehen konnte. Und er fühlte sich seiner Mami, seinem Papa und auch Gott so nahe wie selten zuvor. Tränen liefen ihm übers Gesicht, dabei war es ja nur eine klitzekleine kalifornische Flagge aus Kunststoff. Als er das neu entdeckte Freiheitssymbol seiner lieben Mami zeigte, fand die das leider ein wenig albern.

Denn es gab doch viel schönere Symbole und Emblems aus Metall, die man sich als Kette um den Hals binden konnte. Dieses billige Ding da war ja nun wirklich nicht gerade sehr schön. Sunny hingegen fand das absolut nicht und knöpfte sein Karo Hemd sogar einen wenig weiter auf, nur, damit es auch die anderen Menschen sahen, die an ihm vorübergingen. Auch Mrs. Simms, die ja immer so viel Wert auf Etikette legte, sollte es bemerken. Doch leider hielt sich der Erfolg seines neuen Schmuckstückes in argen Grenzen. Niemand nahm so recht Notiz davon und traurig wollte Sunny die kleine Flagge wieder vom Hals nehmen. Doch es kam alles ganz anders ...

Als er am nächsten Tag zur Schule radelte, kamen ihm drei größere, ziemlich freche Jungen entgegen. Sie hatten längst von Sunnys neuem Schmuckstück gehört und wollten ihn so richtig blamieren. Laut pöbelnd versperrten sie ihm den Weg und wollten ihn vom Fahrrad zerren. Sunny fühlte sich angesichts der Übermacht der drei Jungen seinem Schicksal regelrecht ausgeliefert. Bereitwillig stieg er von seinem Rad und wartete nur noch darauf, geschlagen und getreten zu werden. Doch als die Jungen sich bedrohlich vor ihm aufbauten, erschien plötzlich ein riesiger Grizzlybär. Gleichzeitig zerrte irgendetwas an Sunnys Fähnchen am Hals. Der Grizzlybär richtete sich vor den drei zitternden Jungen auf und brüllte fürchterlich. Die Drei hatten es plötzlich sehr eilig und rannten laut schreiend davon.

Kaum waren sie verschwunden, löste sich der Grizzlybär vor Sunnys erstauntem Blick einfach so in Luft auf. Sunny rieb sich die Augen, konnte noch immer nicht glauben, was da eben geschehen war. Hatte er sich eben noch blutüberströmt am Boden krümmend gesehen, stand er nun da wie ein starker Held, dem keiner etwas anhaben konnte. Doch, wo kam dieser Grizzlybär so plötzlich her? Auch das Vibrieren an seinem Fähnchen hatte wieder aufgehört. Nachdenklich betrachtete er sich die kleine Flagge. Darauf war ja auch ein brauner Grizzlybär gezeichnet. Sollte etwa … aber das war ja vollkommen unmöglich! So etwas gab es doch wirklich nur im Märchen. Schnell stieg er auf sein Fahrrad und fuhr weiter. Als er vor der Schule eintraf, hatte sich das Wetter arg verschlechtert. Es wurde dunkel und man konnte die Hand vor den Augen nicht mehr erkennen. Plötzlich fiel auch noch das Licht aus und Mrs. Simms suchte krampfhaft nach einer Taschenlampe. Auf einmal jedoch erschien ein heller roter Stern vorm Schulgebäude. Er leuchtete derart hell, dass niemand mehr eine Taschenlampe brauchte. Es war hell genug, um den Unterricht fortzusetzen, was von den Schülern allerdings ziemlich unterschiedlich beurteilt wurde. Mrs. Simms staunte, denn solch einen sonderbaren Stern hatte sie noch niemals zuvor gesehen. Wo kam der nur her? Kaum war das schreckliche Unwetter vorüber, verschwand auch der rote Stern im Nichts. Nur an Sunnys Hals, dort, wo die kleine Flagge war, krabbelte es ganz merkwürdig. Sunny betrachtete sich neugierig seine Flagge und entdeckte darauf einen kleinen roten Stern, der darauf gezeichnet war. Sollte etwa dieser Stern, nein, das konnte unmöglich sein! Das wäre ja Zauberei. Aber kam sein Papa nicht auch ab und an auf einer zauberhaften Silberwolke zu ihm auf die Erde? Und war das nicht auch Magie? Seltsam. Am nächsten Tag hatte Sunny etwas ganz anderes vor. Er hatte von seiner Mami eine neue Bankkarte erhalten und konnte von nun an auf sein eigenes Konto zugreifen, konnte Geld abheben und seine Computerspiele und was er sonst noch brauchte, selbst bezahlen. Sunny fand das wirklich wunderbar, gab ihm das doch das nötige Selbstbewusstsein, endlich zu den Erwachsenen gehören zu können. Und so ging er natürlich sofort zu einer großen Bank in Hollywood und wollte die neue Karte ausprobieren. Viele Menschen waren in der Bank und hatten eine Menge zu tun. Auch der Bürgermeister stand bei einem Berater und führte ein angeregtes Gespräch mit ihm. Sunny wollte zu einem Geldautomaten, um zehn Dollar abzuheben. Plötzlich wurde die große Eingangstür aufgerissen und drei maskierte Männer sprangen in die große Schalterhalle. Mit vorgehaltenen Waffen zwangen sie die Menschen, sich auf den Boden zu legen. Dann schossen sie wild in der Halle herum und schlugen Scheiben und Einrichtungsgegenstände kaputt. Sunny erschrak sich ebenfalls und ließ sich auf den Boden fallen. Die Gauner kontrollierten jeden der Leute, ob sie auch wirklich kampfunfähig waren. Außerdem nahmen sie einigen die Uhren und die Ketten ab. Sunny hatte schon Angst um seine kleine Flagge, doch die wollten die Gauner nicht. Sie erschien ihnen wohl zu einfach und nicht wertvoll genug. Neben Sunny lagen der Bürgermeister und der Schalterangestellte der Bank. Sunny meinte, dass sich alle ganz ruhig verhalten sollten, dann würde ihnen auch nichts geschehen. Doch er spürte, wie schwer ihm selbst das fiel. Am liebsten wäre schnellstens aus der Bank gerannt. Doch das ging nicht, die Gauner bewachten sämtliche Ausgänge und hielten alle Menschen in Schach. Von draußen ertönte Polizeisirenengeheul. Eine monotone Lautsprecherstimme ertönte: „Hören Sie, hier spricht die Polizei! Legen Sie die Waffen nieder und geben Sie auf! Es hat ja doch keinen Sinn! Wenn Sie jetzt aufgeben, wird Ihnen nichts geschehen!" Die Stimme verstummte und die Gauner lachten laut und schrill. Der Bürgermeister röchelte und es schien ihm wirklich nicht sehr gut zu gehen. Sunny zog vorsichtig eine kleine Wasserflasche aus seiner Hosentasche und schob sie dem Bürgermeister zu. „Hier, trinken Sie.", tuschelte er und der Bürgermeister nahm einen Schluck. Sunny bemerkte Tränen in seinen Augen, und dann sagte der Bürgermeister leise: „Weißt Du, ich habe Kinder, die auch so alt sind wie Du. Ich würde sie so gern wiedersehen. Es ist so furchtbar, wenn mir etwas passiert. Es geht ja nicht um mich, sondern um die Familie. Sie könnten mit der Trauer nicht umgehen und die

Kinder würden." Weiter kam er nicht, denn schon kam einer der Gauner und brüllte herum, dass alle ruhig zu sein haben. Zur Bekräftigung seines sinnlosen Geschreis ballerte er mehrmals in der Schalterhalle herum. Dabei ging auch noch die restliche Beleuchtung zu Bruch und es wurde stockdunkel. Die Menschen stöhnten und jammerten und hatten große Angst. Auch Sunny schlug das Herz bis zu Hals. Der Bürgermeister schwieg, ihm schien es von Minute zu Minute schlechter zu gehen. Sunny sorgte sich sehr um ihn, nur, wie sollte er ihm helfen? Da rüttelte etwas an seinem Hals und drohte, ihm die Luft abzuschnüren. Sunny glaubte schon, einer der Gauner würgte ihn, doch dann sah er einen großen roten, hell leuchtenden Stern durch die riesige Schalterhalle schweben. Und da wusste er, dass es keine Einbildung sein konnte. Dieser seltsame rote Stern da musste von seiner California-Flagge kommen. Der Stern erleuchtete die dunkle Halle und die Menschen konnten wieder sehen, was geschah. Die Gauner jedoch tobten vor Wut. Sie schossen wild um sich. Doch weder der Stern noch einer der Menschen wurde getroffen. Stattdessen flogen die Kugeln in die Wände, wo sie stecken blieben. Als die Gauner das bemerkten, wollten sie selbst agieren. Wutentbrannt warfen sie sich auf die flehenden Menschen und schlugen auf sie ein. Da erschienen plötzlich drei riesige braune Grizzlybären und warfen sich auf jeden der Gauner. Sie fügten den Ganoven heftige Bisswunden zu, bis die schließlich von den armen Menschen abließen. Die Grizzlys brüllten lauter als die Gauner je schreien konnten. Die hielten sich vor Angst die Ohren zu und rannten schließlich zitternd aus der Schalterhalle. Draußen wartete schon die Polizei und konnte alle verhaften. Sunny rief den Notarzt und der Bürgermeister konnte gerade noch rechtzeitig ins Krankenhaus nach Los Angeles gebracht werden. Schon am nächsten Tag ging es ihm wieder gut und seine Familie konnte ihn besuchen. Als Sunny den Polizisten von dem Grizzlybären und dem leuchtenden roten Stern berichtete, schauten sich die Beamten nur schweigend an. Solch eine verrückte Geschichte hatten selbst sie noch nie zuvor gehört. Doch Sunny war ja bekannt für seine verrückten unfassbaren Abenteuer und Mrs. Simms spürte, dass etwas Wahres an dem war, was ihr der kleine, so erwachsen gewordene Junge da auftischte. Und sie witterte eine neue Schlagzeile, denn sie ahnte, dass tatsächlich die kalifornische Flagge an der sagenhaften Rettung in der Bank beteiligt sein musste. Sie hatte eine verwegene Idee und wollte in Hollywood eine Siegessäule errichten. Sunny fand den Vorschlag wunderbar, denn nichts anderes als der Grizzlybär und der rote Stern auf seiner kleinen kalifornischen Flagge, die er stets um den Hals trug, hatte die Menschen und auch ihn vor Schlimmerem bewahrt. Und so entwarf er zusammen mit seiner Lehrerin ein Modell für eine große marmorne Säule, auf der die kalifornische Flagge brillierte. Darunter war der Schriftzug von Hollywood zu lesen und die Jahreszahl der märchenhaften Rettung der Menschen in der Bank. Der Bürgermeister höchst selbst gab schließlich sein O.K. und der Bau der Säule konnte beginnen. Es war ein herrlicher Sommertag, an welchem das neue Wahrzeichen Hollywoods eingeweiht wurde. Unzählige Menschen hatten sich auf dem Hollywoodboulevard, gleich neben Sunnys Hollywoodstern eingefunden. Alle wollten das Spektakel miterleben. Und Sunny, wie auch seine Lehrerin Mrs. Simms standen neben dem Bürgermeister auf einer Tribüne, und jubelten den Leuten zu. Alle hatten Tränen in den Augen und schließlich begann der Festakt. Sunny durfte das große weiße Tuch von der Säule ziehen und da stand sie nun, Hollywoods neues Symbol, die wunderschöne marmorne CALIFORNIA! So etwas Wunderschönes hatte wohl noch niemand je zu Gesicht bekommen. Und als die Uhrzeit herankam, an welcher die kalifornischen Symbole, der Grizzly und der rote Stern erschienen, um die Menschen in der Bank zu retten, ertönte eine Glocke, die sich an der Spitze der CALIFORNIA befand. Andächtig schwiegen die Menschen und die meisten erinnerten sich an die unglaublichen Ereignisse an jenem schicksalsträchtigen Tage. Sunny schaute stolz zu seiner Mami und Mrs. Simms lächelte vielsagend in die zahllosen Kameralinsen der Journalisten. Plötzlich erschienen der echte, lebendige riesige Grizzlybär und der echte große, rot leuchtende Stern. Sie schwebten wie von Geisterhand bewegt um die CALIFOR-NIA herum und die Leute hielten den Atem an. Auch Sunny und Mrs. Simms, wie auch der erstaunte Bürgermeister starrten zu der unfassbaren Erscheinung. Denn solch eine Automatik gab es eigentlich in der Säule nicht. Aber niemand fand es schlimm, denn es war einfach nur wunderbar. Und jedes Jahr zur selben Zeit vollzog sich das gleiche Schauspiel. Die Glocken läuteten und die kalifornischen Symbole, der Grizzly und der rote Stern schwebten lautlos um die CALIFORNIA herum. Es war wirklich ein fantastisches Zeichen des Mutes und Sunny war stolz, an diesem Wunder beteiligt zu sein. Doch es war nicht allein dieses Symbol, die CALIFORNIA, welches sich als Sinnbild für Tapferkeit und Mut präsentierte. Vielmehr war es das Selbstbewusstsein, welches die Menschen bewiesen, denn es war sehr wichtig, niemals aufzugeben, auch, wenn es noch so hoffnungslos erscheint. Als Sunny eines Tages nach der Schule mal wieder einen Abstecher um die CALIFORNIA am Hollywoodboulevard machte, bemerkte er eine kleine silberne Wolke. Sie schwebte unbemerkt von den übrigen Menschen um die marmorne Säule herum und jemand winkte Sunny lächelnd zu. Es war sein Papa, der sehr stolz war auf seinen mutigen Sohn. Und plötzlich erschienen auch der Grizzlybär und der leuchtend rote Stern. Sie schwebten um die CALIFORNIA und Dutzende Menschen bewunderten dieses wundersame Schauspiel. Noch immer wusste niemand, was

129

wirklich dahinter steckte, nur Sunny. Denn er wusste, dass er in der Stadt der Träume lebte, wo ja alles möglich sein konnte. Doch es konnte nur möglich sein, wenn man niemals aufgab. Und die CALIFORNIA bezeugte das. Sunny wusste, dass man stets an sich glauben musste und er winkte seinem Papa zu und flüsterte: „Danke für alles, Papa ..."

Das Große wird nur groß, wenn du es anpackst.
Und es wird nur stark sein,
wenn alle Menschen etwas davon haben können.

Sunny und die Olympischen Spiele in Los Angeles

Es war die Zeit der Olympischen Ringe. Das große Glück ereilte nun auch Los Angeles. Dort sollten die Olympischen Sommerspiele stattfinden und der kleine Sunny aus Hollywood war wie so viele andere aufgerufen, sich etwas ganz Außergewöhnliches einfallen zu lassen. Die Welt musste beeindruckt werden und nur Olympia und der Sport konnten die Menschen noch begeistern.

Sunny jedoch lag in seinem Bettchen und hustete. Er schien wohl krank zu sein und er sah auch wirklich gar nicht so gut aus. Seine Mami hatte ihm einen recht wirksamen wohlschmeckenden Hustensaft aus der Apotheke besorgt, und nun musste Sunny einfach nur noch gesund werden. An eine zündende Idee oder eine geniale Aktion für die Olympischen Spiele war in dieser Situation natürlich nicht zu denken, und doch verfolgte der kleine Junge im Internet den genauen Verlauf der Vorbereitungen in L.A. Die riesigen Stadien, die man plante, schienen tatsächlich alles vorher da gewesene bei Weitem zu übertreffen. Und als Sunny so ins Träumen kam, sah er seinen Papa mit der Silberwolke vorüberfliegen, und alles war so wunderschön wie immer.

131

Es war der Tag, an welchem sich der kranke Junge schon wieder etwas besser fühlte. Zwar hustete er noch mächtig laut, und seine Lehrerin Mrs. Simms hatte ihm gerade die Schularbeiten nach Hause gebracht, da schienen seine verloren geglaubten Kräfte zurückzukehren. Den ganzen Tag hatte er nachgedacht, wollte sich irgendetwas Verrücktes einfallen lassen. Sogar einen Skizzenblock hatte ihm seine Mami besorgt. Aber eine Idee, die kam ihm einfach nicht.

Langsam wurde es Abend und schließlich breitete sich die dunkle Nacht geheimnisvoll über den Hollywood Hills aus. Sunny konnte nicht einschlafen, denn noch immer zwackte es in seinem Hals und der süßliche Hustensaft wurde reichlich in Anspruch genommen. Irgendwann wurde ihm übel, weil er zu viel davon genommen hatte. Plötzlich jedoch fuhr er hoch! Es war, als sei ihm vom vielen Hustensaft eine Idee eingeflößt worden. Auf einmal schmerzte gar nichts mehr und der Hals schien endlich frei zu sein. Noch ein wenig vorsichtig schob sich der kleine Junge aus seinem Bettchen und schlich sich zum offen stehenden Fenster. Über den Hügeln der Hollywood Hills hing ein riesiger gelblich-kühler Vollmond und kitzelte Sunny frech an der Nasenspitze. Der musste lautstark niesen und wischte sich mit der Hand die Nase sauber. Die ganze Situation war wirklich komisch, denn er fühlte, dass da etwas in ihm gor, so, als ob es gleich darauf aus ihm heraus platzen wollte. Aus dem nachtschwarzen klaren Himmel formte sich eine merkwürdige Silhouette. Sunny, in dem die Gedanken wie Zirkusartisten Purzelbäume schossen, starrte zu dieser sonderbaren Erscheinung und es war, als hätte er so etwas noch nie gesehen. Aber es war sein Papa, der mit seiner silbernen Wolke kam, um seinen Sohn zu besuchen. Natürlich war der kleine Junge überglücklich über diesen Besuch, hatte er sich doch so sehr gewünscht, mit seinem Papa über alles sprechen zu können.

Ganz langsam und vollkommen still driftete die Silberwolke über der kleinen Wiese vor Sunnys Fenster und kam schließlich zum Stehen. Wie es immer war, fielen sich die beiden überglücklich und weinend vor Freude in die Arme und der Papa wollte wissen, wie es seinem kleinen Sohn ging. Sunny grinste frech, meinte, dass er gar nicht mehr so sehr hustete und außerdem eine richtig tolle Idee für Olympia hatte.

Vermutlich hatte der viele Hustensaft seine Hirnströme wieder in Wallung gebracht. Der Papa setzte sich aufs Bett und lauschte, und Sunny begann zu erzählen: „ Alle suchen nach einer zündenden, nie da gewesenen Idee, nach etwas, das die Welt bisher noch nie gesehen hatte. Wie wäre es deswegen, wenn wir die Eröffnungsfeier der Olympischen Spiele tatsächlich in einem Olymp stattfinden lassen?" Der Papa schaute seinen aberwitzigen Sohn misstrauisch an und dachte wohl gerade darüber nach, Sunny wieder ins Bettchen zu verfrachten, weil er offenbar ziemlich bedenkliche Fieberträume hatte. Möglicherweise hatte er auch den vielen Hustensaft nicht so recht vertragen? Doch der recht fidele Junge erzählte weiter: „Keine Angst, ich fantasiere nicht. Ich meine, dass wir eine Cloud, eine richtige Wolke in den ebenso echten Wolken hoch über Los Angeles installieren, und zwar mit deiner Hilfe, mit deiner Silberwolke; ein Wolkenstadion sozusagen! Diese Cloud stellt das Zentrum der Spiele dar, sie ist auch gleichzeitig für jeden Menschen auf der ganzen Welt per Internet erreichbar, und in diesem virtuellen Stadion kann jeder Effekt, jede Kommunikation, die technisch möglich ist, stattfinden. Na, wie findest du das?" Zunächst schwieg der Papa eine ganze Weile. Es verging beinahe zu viel Zeit und Sunny holte bereits wieder tief Luft, wollte seine Idee gerade wieder zurück nehmen. Da kratzte sich der Papa hinter den Ohren und räusperte sich laut. Schließlich sagte er mit einem sonderbaren Unterton, den Sunny geschickt überhörte: „Tja, das ist schon eine irre Idee. Eine Cloud, eine Wolke, ein Wolkenstadion, gar nicht schlecht! Aber vielleicht ist es doch machbar. Mit meiner Silberwolke treibe ich die Wolken zusammen, die sich über Amerika herumtreiben und stabilisiere sie mit der Energie der Silberwolke. Wenn alles funktioniert, können die Leute daheim an den Computern sitzen und alles genau mitverfolgen. Die Sportler präsentieren ihre Länder, ohne selbst anwesend zu sein. All das wird in diese Cloud wie auf eine Computerfestplatte geladen, wird schließlich dort oben vorgeführt und ist doch nur eine Illusion. Man braucht sich auch gar keine Sorgen mehr um die Sicherheit zu machen. Es gibt keine Anschläge mehr und es muss auch niemand mehr geschützt werden. Denn alles ist virtuell und fliegt als Abbild am Himmel in den Wolken. Die späteren Sportkämpfe finden in den neuen Stadien überall in Amerika statt. Die Cloud wacht darüber, lenkt alles, sieht alles und ist immer allgegenwärtig. Ja, so ähnlich könnte es wirklich funktionieren."

Sunny saß neben seinem Papa auf dem Bett und hatte alles mit großer Spannung angehört. Das sein Papa aber noch viel verrücktere Ideen hatte als er selbst, ließ ihn sprachlos werden. „Also, das, das ist", stammelte er, „Das ist genial! Papa, du bist echt der Beste!" Der Papa nickte und flüsterte: „Ich weiß, mein Sohn, ich weiß."

Die beiden waren sich einig, dass es sehr viel Arbeit sein würde, bis es endlich soweit wäre. Und gleich am nächsten Tag wollten sie damit beginnen. Noch sehr lange unterhielten sie sich über all die vielen Dinge, die sie noch tun mussten und Sunny wurde dabei sehr müde. Irgendwann legte er sich wieder unter seine warme Zudecke und schlief schnell ein.

Am nächsten Morgen eröffnete der aufgeweckte Junge seiner Mami, was er vorhatte. Natürlich staunte die Mami nicht schlecht, wusste sie doch längst, wer wirklich hinter all diesen unglaublichen Vorhaben steckte. Doch sie sagte nichts und freute sich vielmehr, dass es ihrem kleinen Sohn wieder so gut ging.

Gleich nach dem Frühstück und noch vor Schulbeginn radelte Sunny zum Bürgermeister und sprach mit ihm über seine verrückten Ideen. Der grauhaarige Mann schaute schon ziemlich nachdenklich in die Runde und wusste nicht so recht, was er von alledem halten sollte. Doch dann meinte er, dass Sunny nur machen sollte, denn alles wäre gut, was die Menschen staunen ließe. Überglücklich fuhr Sunny in die Schule und brauchte nicht viel Überredungsgeschick, um seine Lehrerin mit ins Boot zu holen. Mrs. Simms hatte sogar schon einen genialen Plan, wie sie sämtliche Medien Amerikas in der Cloud zusammenschalten konnte. Sie witterte ihre große Stunde, ihren Durchbruch als Medienmanagerin sozusagen, was sie über die Ländergrenzen hinweg bekannt machen könnte. Und so organisierte sie in jeder freien Stunde Spezialisten, Computerfachleute und einschlägig vorbelastete Computerhacker, die das technische Know How sicherstellten. Sunny staunte, denn so emsig hatte er seine Lehrerin selten erlebt. In beinahe jeder Schulstunde brillierte sie mit ihren Einfällen und rekrutierte jeden Schüler für irgendeine Arbeit, die im Sinne von Olympia nur einem Zwecke dienten, dem Bekanntheitsgrad von Mrs. Simms! Sunny befürchtete schon, die forsche Dame könnte auch seine Ideen an sich reißen, und dann würde man ihn vergessen. Deswegen standen die beiden irgendwie im Wettstreit, was die Arbeiten an der Verwirklichung der Cloud natürlich arg beschleunigte.

Die Spiele rückten näher und näher und die Werbemaschinerie lief auf Hochtouren. Mrs. Simms hatte sich zur allseits begehrten Organisatorin emporkomplimentiert und stand nun unter mächtigem Stress. In jedem Sender wurde immer wieder über den Fortschritt der Arbeiten berichtet. Und in Los Angeles standen die Menschen auf den Straßen und schauten staunend in den Himmel, wo sich mehr und mehr eine riesige bunt funkelnde Wolke bildete, die Cloud für die Olympischen Spiele!

In Hollywood entstanden riesige nagelneue Studios, von wo aus die Spiele gelenkt wurden, von wo aus die Daten in die Cloud geladen wurden. Die Illusion sollte perfekt sein, die Spiele sollten unvergessen werden, so unvergessen wie ein Megaereignis, welches es bislang nie gab. Die Sportveranstaltungen selbst sollten in riesigen, schwebenden Ovalen stattfinden, die aus transparentem Metall bestanden und die Gravitation der Erde längst überwunden hatten. Eine neuartige Erfindung eines bis dahin unbekannten Physikers aus Maryland wurde dazu weiterentwickelt. All diese Stadien befanden sich an bekannten Orten der Vereinigten Staaten, dem Grand Canyon, hoch über Manhattan in New York, über Las Vegas und Salt Lake City. Und alles lief in der elektronischen Speicherwolke, der Cloud über L.A. zusammen.

So kam der Tag der Eröffnungsfeier der Olympischen Spiele. Sunny hielt es vor lauter Aufregung kaum noch aus. Längst hatte er seine Erkältung überwunden, und längst war eine riesige, mehrere Kilometer umfassende Cloud im Himmel über Los Angeles installiert. Sie funkelte wie ein Regenbogen, schillerte in allen Farben, und alles, was über den Sport irgendwo auf der Welt abgespeichert worden war, konnte nun abgerufen werden, um in dieser Cloud gezeigt zu werden. Die Sportler konnten sich und ihre Länder darin präsentieren und zu allen Menschen auf der Welt sprechen. Und dann begann das Spektakel. Der Bürgermeister von Los Angeles und der Präsident des Olympischen Komitees wurden in die Cloud projiziert, wo sie die einleitenden Worte sprachen. Alle Länder der Welt waren angeschlossen und jedes Land projizierte seine Sportler und Informationen zu den Ländern in die riesige Cloud. Nebenher waberte ein Farbenmeer und in den Studios von Hollywood wurden Tanzdarbietungen aufgezeichnet, um sie wenig später in der Cloud zu zeigen. Es war eine märchenhafte Veranstaltung, denn die Cloud zeigte wahrhaft alles, was es über die Sportler und die Länder, aus denen die Sportler kamen, zu wissen galt. Alle Menschen auf der Welt schauten zu, konnten entweder in Studios zu Gast sein oder daheim am Fernseher oder dem Computer all das mitverfolgen.

Ein riesiges überdimensionales Stadion war in der Cloud zu sehen, ein virtuelles Stadion, in welchem eine Nation nach der anderen einmarschierte. Alles schien total real, war jedoch nur eine Illusion, ein gelungenes Machwerk der

Computer, ein Siegeszug der Bits und Bytes, eine glorreiche Veranstaltung der Netzwerke der Welt und der Kommunikationsnetze der Länder. Alles und alle waren miteinander vernetzt und verbunden und jeder Mensch auf der Erde konnte sofort mit den Sportlern kommunizieren, um sich über sie zu informieren.

Und dann kam der Höhepunkt des Abends. Aus dem Universum schob sich eine silberne Wolke wie ein Raumschiff aus einer fernen Welt über die Cloud und trug in sich, magisch von einem Kraftfeld gehalten, das Olympische Feuer. Und Sunnys Papa winkte allen Menschen zu, die mit der Cloud verbunden waren. Ein prächtiger Farbenwalzer begann, der an Schönheit nicht mehr zu übertreffen war. Es war ein Feuerwerk von Gold und Silber, dem Blau des Meeres, dem Grün der Wälder und dem Gelb der Felder. Man hörte das Meeresrauschen des Ozeans, das Tosen eines Vulkanes und das Grollen vom Donner eines Tropengewitters. Dazwischen zeigten die weltbesten Sportler ihr Können und tanzten in einem virtuellen Tanz über den Wolken, als seien sie Engel, Feen und überirdische Wesen. Ja, es war wahrlich der Olymp, der Sitz der Götter, der für alle Menschen, hoch in den Wolken, in der Cloud über Los Angeles zu sehen war. Nie hatte es etwas Vergleichbares gegeben, und nie zuvor gab es ein solch beeindruckendes Fest. Alle Menschen der Erde nahmen daran teil, und doch war alles eine faszinierende wundervolle Illusion! In allen Sprachen wurde der Papa mit dem Olympischen Feuer begrüßt, und in allen Sprachen sangen Kinder, die in Sunnys Alter sein mochten, die ersten Strophen der Hymnen ihrer Länder. Und dann wurde die Olympische Flagge in die Cloud gebracht. Silberne Kugeln, die aus der Energie der Silberwolke bestanden, hielten die Flagge in ihrem Zentrum und es schien, als würde sie von unsichtbaren Kräften ins Stadion, in die Cloud, getragen. Schließlich entstieg der Papa seiner Silberwolke und hielt die Fackel mit dem Olympischen Feuer hoch in die Luft. Eine rosarote Wolke erschien und der Papa hielt die Fackel an diese Wolke inmitten der riesigen Cloud. Eine Stichflamme entzündete die rosa Wolke, die das Feuer wie ein Staffelläufer übernahm. Plötzlich erschien der Präsident aus dem Weißen Haus in Washington in der Cloud. Er lächelte verwegen und war sichtlich stolz über das, was dieses freiheitliche Land, die Menschen dieses Landes, und natürlich der kleine Sunny aus Hollywood zusammen mit seinem Papa und seiner famosen Lehrerin da geleistete hatten. Er holte tief Luft und erklärte dann die Olympischen Spiele, die Spiele in Los Angeles für eröffnet. Doch das war noch längst nicht alles, denn nun kam der nächste große Moment! Aus dem Feuer inmitten der Cloud hoch über Los Angeles entstand ein Stern aus gleißend hellem Feuer. Es war ein Hollywoodstern, der sich da entzündet hatte und die Menschen starrten staunend auf das Ereignis, welches sich da vor ihren Augen abspielte. Der Feuer-Hollywoodstern, der die

Größe einer riesigen Gewitterwolke zu haben schien, begann sich zu drehen, umhüllte sich mit einer Art künstlicher Materie, die sogleich transparent wurde. Immer schneller rotierte der Stern, raste schließlich in Richtung Mond, um dort einen Kranz, der um ihn herum gespannt war, zu entzünden. Der Kranz vervielfältigte sich und stellte schließlich die fünf Olympischen Ringe dar. Das war das Olympische Feuer, das vom Mond aus die Spiele in den USA begleitete. Aus allen Ländern der Welt waren sie zu sehen und jeder Mensch konnte sich an dem Feuer erfreuen.

**

Es war geschafft, die Olympischen Spiele von Los Angeles liefen zuverlässig und sicher vor den Augen der gesamten Erdbevölkerung ab. Mrs. Simms, Sunnys Lehrerin, war überall bekannt und wusste nicht mehr, ob sie noch als Lehrerin oder schon als berühmteste Talk-Queen der USA tätig sein sollte. Sunnys Mami musste Dutzende Interviews geben, weil sie die Mama eines Genies war und der Papa hatte mit seiner Silberwolke den Startschuss für eine neue Ära der Technik gegeben.

Los Angeles hatte gezeigt, dass es immer noch viel Verrückteres und immer noch Tolleres zu entdecken gab. Und in den neu entstandenen Studios in Hollywood, wo die Stränge der Cloud über L.A. zusammenliefen, wurden immer neue Filme gedreht. Ja, und der kleine Sunny? Der war glücklich, dass seine wundervolle fantastische

Idee so gut funktionierte. Denn nicht nur die Olympischen Spiele in L.A. brillierten als glorreicher Riesenerfolg. Auch seine kleine Familie war wieder zusammen. Die Mami, sein Papa mit der Silberwolke und natürlich auch seine geliebten Hollywoodsterne, die geheimnisvoll und märchenhaft funkelten wie all die Träume, die Sterne im unbegreiflichen und doch so fernen Universum ...

Lass die Träume endlich leben
Mach dich für Ideen frei
Musst das Allerbeste geben
Dass die Wünsche Wahrheit werden
Dass dein Leben glücklich sei

Sunnys wundervolle Sterne
sind ein Traum von Hollywood
Jeder Mensch wohl hat sie gerne,
all die schönen Glitzersterne
Dort, am märchenhaften Ort

Alles Glück wird zu dir fliegen,
wenn du deine Träume lebst
Lass die Teddybären siegen,
die in deiner Kindheit liegen,
weil du stets nach Großem strebst

Los Angeles - Stadt der Engel

Die beiden hassten sich wie die Pest. Luis und Amanda wollten sich scheiden lassen und beschlossen, die Stadt zu verlassen, um getrennt voneinander nach einem neuen Partner zu suchen. So geschah es und so verließen sie ihr kleines Haus in „Middletown", in welchem sie einfach nicht so recht glücklich werden sollten.

Auf dem Weg in ihr neues Leben lernten sie die unterschiedlichsten Partner kennen, doch es war wirklich wie verhext, keiner von ihnen lernte den rechten Partner fürs Leben kennen. Und so wurden sie müde und wollten sich, Luis in „San Antonio" und Amanda in „Salt Lake City" endgültig zur Ruhe setzen. Sie hatten sich sogar schon neue Jobs organisiert und stellten sich das vor, was sie sich eigentlich gar nicht vorstellen wollten, in ihren neuen Städten alt zu werden. Doch im Traum sahen sie etwas ganz anderes. So sah Luis eines Nachts ein wundersames Haus, und dieses befand sich in keiner geringeren Stadt als Los Angeles, der Stadt der Engel. Auch Amanda träumte von diesem merkwürdigen Haus, und so beschlossen die beiden, unabhängig voneinander, nach Los Angeles zu reisen, um dieses Haus, welches eine ganz sonderbare, geradezu hoffnungsvolle Atmosphäre auszustrahlen schien, zu suchen. Komischerweise packten beide ganz unabhängig voneinander ihre Koffer und fuhren sogar am gleichen Tage nach Los Angeles. Und tatsächlich fanden sie dieses Haus der Träume und der Märchen, und als sie sich beide nach so langer Zeit endlich wiedersahen, konnten sie es nicht glauben. Weinend fielen sie sich in die Arme und erzählten sich von ihren unfassbaren Träumen. Ja, so sollte es sein und so beschlossen sie, für immer in dieser märchenhaften, zauberhaften Stadt zu bleiben. Sie suchten sich eine kleine bezahlbare Wohnung und begannen ihr Leben noch einmal völlig neu. Sie liebten sich so sehr und wollten nach einigen Wochen noch einmal zu diesem sonderbaren Haus, welches sie in ihren wundervollen Träumen zusammengebracht hatte. Doch so sehr sie es auch suchten, sie fanden es nicht mehr. Auch Passanten, die sie fragten, wussten nichts von diesem zauberhaften Haus. Da wussten die beiden, dass es wohl ein wundervoller Zauber gewesen sein musste, der sie zusammengeführt hatte. Denn es war eine Stadt, die sie nun für immer zusammengebracht hatte. Es war die Stadt der unglaublichsten Träume, die Stadt der Hoffnung, und es war die Stadt der Engel, in welcher es die verrücktesten Märchen gab, die man sich nur vorzustellen vermochte:

LOS ANGELES

INHALT